Wilhelm Teschen

Die wilde Rose

Lustspiel in vier Akten

Wilhelm Teschen

Die wilde Rose
Lustspiel in vier Akten

ISBN/EAN: 9783743312173

Hergestellt in Europa, USA, Kanada, Australien, Japan

Cover: Foto ©Andreas Hilbeck / pixelio.de

Manufactured and distributed by brebook publishing software (www.brebook.com)

Wilhelm Teschen

Die wilde Rose

Als Manuscript vervielfältigt.

Uebersetzungsrecht für alle anderen Sprachen verboten.

Für sämmtliche Bühnen im ausschließlichen Debit der **Theater-Agentur A. Entsch** in **Berlin** erschienen, und ist von dieser allein das Recht der Aufführung zu erwerben.

Der Verfasser.

Die wilde Rose.

Lustspiel in vier Akten

von

Dr. Wilhelm Teschen.

Angenommen: Hof-Theater in Dresden.

Für Oesterreich-Ungarn beliebe man sich an meinen Rechts-Vertreter Herrn **Dr. O. F. Eirich**, Hof- und Gerichts-Advokat, **Wien I.**, Wipplingerstraße 29, zu wenden.

Dieses Manuscript darf von dem Empfänger weder verkauft noch verliehen, noch sonst irgendwie weitergegeben werden, widrigenfalls die gerichtliche Verfolgung wegen Mißbrauchs und resp. Schadloshaltung des Autors beantragt wird.

Duplikate kosten 1 Mark 50 Pf.

A. Entsch,
bevollmächtigter Vertreter des Autors.

Personen.

Der Freiherr von Ehrenberg.
Max von Saffen, Offizier, } Neffe und Nichte
Rose von Saffen, } des Freiherrn.
Paul, Graf von Thorstein.
Meta, seine Schwester.
Lieutenant von Wacht.
Paul Reichmann.
Krug, Inspektor auf dem Ehrenberg.
Friedrich, Diener daselbst.

Ort: Schloß Ehrenberg und dessen Umgebung.
Zeit: Gegenwart.

Erster Akt.

(Kleiner freier Platz im Walde, auf welchen verschiedene Wege rechts und links münden. In der Mitte ein mächtiger Baum, unter welchem sich eine Bank befindet.)

1. Auftritt.

Paul von Thorstein. Lieutenant von Wacht.
(Beide von links kommend.)

Paul (mit einem Pistolenkasten). Hier ist der Weg — wie ich vermutete.

Wacht. Ganz recht — brillante Fahrstraße! Schade, daß Sie zu Fuß dieselbe zurücklegen müssen.

Paul. Nicht der Rede wert, mein lieber Lieutenant; in sechs Stunden habe ich bereits den Thorstein erreicht.

Wacht. Sechs Stunden — bereits — ich danke ergebenst! Und schon drei Stunden gewandert, immer quer waldeinwärts, durch dick und dünn! Lieber Graf, Sie scheinen vom Auslande her einen ungeheuern Maßstab für Entfernungen mitgebracht zu haben!

Paul (lachend). Freilich, freilich von Egypten und Indien! Hier mißt man nur nach den engen Grenzen des Fürstentums! Verzeihung, bester Wacht, daß ich dies vergaß und ihre liebenswürdige Begleitung nicht schon längst zurückgewiesen habe.

Wacht. War mir ein Vergnügen, Sie bis hierher zu escortieren, will aber jetzt umkehren, möchte sonst nicht rechtzeitig zum Dienst nach der Stadt kommen und wegen meines Ausbleibens peinlich verhört werden. Die Geschichte wird ohnehin schon ungeheures Aufsehen machen.

Paul. Und Sie glauben bestimmt, daß mein Gegner nur leicht verwundet ist?

Als Manuscript gedruckt.

Wacht. Nur ein kleiner Denkzettel — auf Ehre! — schadet dem hochmütigen Burschen durchaus nichts. — Die wilde Rose kann ihn wieder zusammenflicken! — Wenn sich ihr Renommée nur eben so leicht wieder herstellen ließe!

Paul. Gut, daß wir Beide nicht dafür zu sorgen haben.

Wacht. Sie sind ein brillanter Kerl, Thorstein! Haben die stolze Rose unsterblich blamirt! — Hätte — ehrlich gestanden — kaum gedacht, daß Sie den allerhöchsten Zorn Serenissimi so wenig fürchteten!

Paul. Das heißt: Ihr Reglement befiehlt erst den Gehorsam gegen den Fürsten und dann die Ehre —

Wacht. Aber, lieber Graf, Sie werden doch hoffentlich von mir und meinen Kameraden überzeugt sein, daß wir Alle in diesem Fall genau so wie sie gehandelt haben würden — eine andere Annahme wäre beleidigend!

Paul. Natürlich, lieber Wacht, natürlich, aber jetzt — benedicite — besten Dank, wenn Sie das peinliche Verhör vermeiden wollen —

Wacht. Ohne Sorge! Ich gehe schon und empfehle Ihre Sicherheit den guten Geistern Ihres alten Ahnenschlosses. (Ab nach links.)

Paul (allein). Die guten Geister werden sich um meinetwillen nicht bemühen — desto eifriger aber wird Serenissimus darauf bedacht sein, die ihm zugefügte Beleidigung zu strafen; einige Monate Festung sind mir so gut wie gewiß für das Duell! Angenehmer Anfang in der Heimat, nach jahrelangem ungebundenem Umherstreifen in der weiten Welt! — Und wenn ich's mir recht überlege, könnte ich keinen Ort auf der Erde wählen, wo ich den Dienern des Fürsten bequemer in die Arme liefe als das Schloß meiner Väter! Aber wohin sonst? Wieder in die Fremde? Und warum dies Alles? Weil ich ein Mädchen schwer gekränkt habe, das mir zum wenigsten noch nichts zu leide that — und einen braven Burschen eine Kugel in den Arm jagte! Schöne Heldenthaten! — hol' der Teufel die wilde Rose und mich dazu! (Man hört ein lustiges Volkslied von einer Männerstimme hinter der Scene singen.) Und jetzt bekomme ich auch noch obendrein Gesellschaft. Irgend ein einsamer Wanderer. Sein unverschämt fröhlicher Gesang läßt auf ein ruhiges Gewissen schließen. Ich wollte, ich steckte in seiner Haut und er säße statt meiner in zweifelhafter Sicherheit auf dem Thorstein.

2. Auftritt.

Paul. Reichmann (von links mit einem Köfferchen).

Paul (für sich). Da ist er, blond und unschuldig aussehend, wie ich es mir dachte. (Nimmt den Hut ab, da Reichmann grüßend vorübergehen will.) Aber, alle Wetter — das ist ja — nein, ich irre mich nicht — (Reichmann nachrufend.) Reichmann, Junge — (Reichmann wendet sich) alter, guter Freund, erkennst Du mich denn wirklich nicht?

Reichmann. Graf — Sie —

Paul. Bist Du toll? Ist das Deine Erwiederung auf meine freundschaftliche Anrede?

Reichmann (schüchtern). Wenn ich mich des vertraulichen Tones von früher noch bedienen darf — (Paul nickt und klopft ihm auf die Schulter). Bist Du es denn wirklich, Paul?

Paul. Ja, ich bin's, der Unglückselige, der Dich um Dein gutes Gewissen und Dein leichtes Gepäck beneidet und nicht übel Lust verspürt, einen großen Freundschaftsdienst von Dir zu erbitten!

Reichmann. Ich bin jetzt wie früher stets zu Deinen Diensten! Fordere was Du willst.

Paul. Auch Deine Haut, um für einige Zeit hinein zu kriechen?

Reichmann (lächelnd). Ich merke, Du bist immer noch der Alte!

Paul. Du glaubst, ich scherze! Nichts liegt mir ferner! Aber komm', laß uns im Sitzen plaudern. (Mit komischem Pathos.) Ich habe Dir Dinge zu erzählen, die Dich schaudern machen werden. (Setzt sich unter den Baum und stellt den Kasten neben sich.)

Reichmann (ihn zweifelnd ansehend). Aber — Paul —

Paul. Setze Dich, statt Dich zu entsetzen und höre!

Reichmann (sich setzend). Ich höre.

Paul. Ohne lange Vorreden — ich bin auf der Flucht!

Reichmann (entsetzt). Auf der Flucht?

Paul. Ja, sieh Dich nur dann und wann um, ob mir die Häscher noch nicht auf den Fersen sind!

Reichmann. Du verwirrst mich vollständig mit Deinen Reden.

Paul. Vernimm und verstehe, wenn es Dir möglich ist. Du weißt, lange Jahre war ich von der Heimat entfernt, so daß sie mir beinahe zur Fremde geworden ist. Als Gymnasiast in Dresden — als Student in Heidelberg und Berlin — zu

Als Manuscript gedruckt.

Hause nur als flüchtiger Besucher. Dann, nach Beendigung meiner Studien schickte mich mein Vater auf Reisen. Drei Jahre war ich in fremden Landen, bis mich schließlich die Sehnsucht packte nach den heimischen Bergen, nach geregelter Thätigkeit — und vor allen Dingen nach meinem Vater und meiner guten Schwester, die ich als Kind verlassen hatte —

Reichmann (eifrig). Fräulein Meta ist inzwischen eine reizende junge Dame geworden!

Paul (lachend). Und das sagt er mit schüchternem Erröten! Mensch, Du bist am Ende gar in sie verliebt?!

Reichmann (mit komischem Entsetzen). Verliebt! Was denkst Du — ich würde niemals wagen —

Paul. Nun alterire Dich nicht wegen dieser Vermutung. Du hast übrigens recht — sie ist wirklich reizend. Ich habe sie bereits begrüßt, denn schon vor drei Tagen kam ich in unserem Residenzstädtchen an, wo die Meinigen jetzt am Hofe leben. —

Reichmann. Dein Vater ist der Freund des Fürsten.

Paul. Leider ja! Höre weiter! Schon am ersten Tage war ich in die Hofgeschichten und den Klatsch unserer guten Residenz eingeweiht. Besonders ein Name tanzte auf Aller Zungen und schlug stets wieder an mein Ohr: derjenige der Rose von Sassen.

Reichmann. Das schöne Hoffräulein der Fürstin —

Paul. So beiläufig, ja — vor allem aber die Geliebte des Fürsten, die schlaue Intriguantin, welche ihn zum Nachtheil des Landes beeinflußt —

Reichmann. So wäre es wirklich wahr?

Paul. Ich rede jetzt mit dem Munde der Leute. Man beklagte die arme Fürstin, die sie eben jetzt in sehr ostentatiöser Weise entlassen haben soll und fügte noch allerlei pikante Einzelheiten hinzu, welche ich vor Deinem keuschen Ohr nicht enthüllen will.

Reichmann (verschämt). Ich habe schon davon gehört!

Paul. Oho — also selbst bis in die stillen Einöden des Landes ist das Gerücht gedrungen. Nun, was mich anbelangt, so rührt mich das Alles sehr wenig; ich bin kein strenger Sittenrichter, und ohnehin ist es zu alltäglich, daß ein Fürst Geschmack an einem schönen Landeskinde findet. — Am zweiten Tage aber nahm die Sache eine andere Wendung. Mein Vater erklärte mir, daß es die höchste Zeit sei, mich zu verheiraten. Zugleich rückte er damit heraus, daß er bereits eine Wahl für mich getroffen habe, die vom Fürsten sehr befürwortet werde, und mir die günstigsten Aussichten in der Staatskarrière eröffne, kurz, als meine Zukünftige nannte er mir: Die Rose von Sassen.

Reichmann (aufspringend). Die Rose von Sassen — unmöglich! Du scherzest!?

Paul. Keineswegs — aber ich glaubte im ersten Augenblick, mein Vater spiele mit mir Komödie. Meine Situation hatte eine verzweifelte Aehnlichkeit mit einer gewissen Scene aus „Kabale und Liebe!" Da ich aber durchaus keine dramatische Begabung in mir verspüre, wies ich die aufgenötigte Rolle mit Protest zurück.

Reichmann. Ich zittere für Dich!

Paul. Ich danke Dir! — Der Auftritt, welcher meiner Erklärung folgte, ließ an dramatischem Effekt nichts zu wünschen übrig und endigte ganz nach Vorschrift des Dichters.

Reichmann. Paul, ich kann es nicht glauben — das klingt Alles so romanhaft —

Paul. Den Zweifel wirst Du mir abbitten, sobald Du das Ende gehört hast. Serenissimus hatte offenbar kein Geheimniß aus diesem Heiratsprojekt gemacht, denn sein Kammerherr unterstand sich, mir in Gegenwart Anderer zu gratulieren. In meiner rabbiaten Stimmung sagte ich ihm unumwunden meine Meinung und ließ ihn stehen mit den Worten: Mein Herr — ich pflege keine abgelegten Gewänder zu tragen — selbst auch die eines Fürsten nicht!

Reichmann (wieder aufspringend). Um Gotteswillen, Paul, das war stark — sehr stark!

Paul (lachend). Das fand Serenissimus auch und nahm es sehr übel auf!

Reichmann. Wie konntest Du nur so unbedacht reden?!

Paul. Ja, Du, mein Freund, Du wärest vorsichtiger gewesen! Die nächste Wirkung meines Wortes, das, wie ich fürchte, bereits ein geflügeltes geworden ist, war eine Herausforderung von Rosen's Bruder an mich —

Reichmann. Ein Duell?

Paul. Erbleiche nicht wieder — es liegt bereits hinter mir! Heute früh haben wir uns im Stadtwäldchen geschossen, (deutet auf den Kasten) hier als Zeuge das Corpus delicti, der Pistolenkasten. Ich verwundete meinen Gegner und bin thatsächlich auf der Flucht; denn jetzt in die Hände des gereizten Fürsten zu fallen wäre äußerst fatal —

__Als Manuscript gedruckt.__

Reichmann. Ja, das glaube ich!

Paul. Doch nun zu Dir! Wohin geht die Reise?

Reichmann. Ich bin am Ziele! Siehst Du drüben das Schloß (deutet nach rechts) — das ist der Ehrenberg, wo ich heute als Oekonomie=Verwalter eintreten werde.

Paul. Halt, mein Lieber, das darf nicht sein!

Reichmann. Wie?!

Paul. Du mußt mein Verwalter werden — rede nicht — das ist eine alte, liebe Idee von mir! Kennst Du den Besitzer des Ehrenberg?

Reichmann. Nein, ich kenne Niemand, es ist Alles schriftlich abgemacht worden und mir bangt einigermaßen —

Paul. Nur schriftlich — das ist herrlich — da kommt mir ein sublimer Gedanke!

Reichmann (ängstlich). Paul, ich habe mein Wort gegeben und hoffe, daß Du mich dem Freiherrn nicht abspänstig machen willst —

Paul. Köstlich! Ganz köstlich! Jetzt laß einmal vernünftig mit Dir reden. Ich habe in der Kindheit so oft die Prügel für Dich in Empfang genommen, wenn ich Dich zu tollen Streichen verleitet hatte und Deine tötliche Angst vor den Folgen bemerkte, daß Du mir auch einmal einen Gegendienst leisten kannst —

Reichmann (immer ängstlicher). Also willst Du wieder einen tollen Streich —

Paul. Den letzten, lieber Junge! Ich schwöre Dir, es soll der Letzte sein. Aber bei diesem mußt Du mir helfen —

Reichmann. Aber ich eigne mich so wenig —

Paul. Kein Mensch wäre mir geeigneter. Höre, Du borgst mir Deinen Namen — Deinen Koffer, Deine Stellung — mit einem Wort — ich krieche wirklich in Deine Haut und gehe als Verwalter Reichmann nach dem Ehrenberg —

Reichmann. Das ist unmöglich —

Paul. Warum?

Reichmann. Ja, aber — ich kann doch nicht als Graf —

Paul (lachend). Dich einsperren lassen, mein Freund, das sollst Du nicht! Mein Vergleich hinkt, die Prügel habe ich Dir nicht zugedacht. — Du begiebst Dich sofort nach dem Thorstein und stellst Dich dem dortigen Inspektor als mein Bevollmächtigter vor! (Zieht sein Notizbuch hervor, reißt ein Blatt heraus und schreibt.) Ich schreibe einige Zeilen, die Dich genügend legitimiren werden. So! (Reicht ihm das Papier und die Schlüssel.) Und hier sind meine Kofferschlüssel, ich gestatte Dir unumschränkten Gebrauch meiner Wäsche et cetera — (das Kofferchen Reichmann's betrachtend) Doch apropos, ist das Alles, was Du auf Deiner Lebensreise mit Dir führst?

Reichmann. Meine Kiste sandte ich bereits nach dem Ehrenberg.

Paul. Dann bin ich beruhigt. Lebe wohl und grüße den Thorstein.

Reichmann. Es geht nicht, Paul, es geht wahrhaftig nicht —

Paul. Was verlierst Du noch Worte, Du kennst mich!! Doch noch eins: Wenn mich die Diener der Gerechtigkeit im Schlosse meiner Väter suchen sollten, so weißt Du natürlich nichts von mir!

Reichmann. Und wie lange soll dieses entsetzliche Spiel dauern?

Paul. Nun, ich denke, einige Wochen, bis dahin ist die Wunde meines Gegners geheilt und der Zorn Seremissimi verraucht. (Nimmt Reichmann's Kofferchen.) Nun noch Deine Schlüssel —

Reichmann. Ich bin in Verzweiflung — wenn der Freiherr den Betrug entdeckt?

Paul. Ich wiederhole Dir: Alles auf mein Haupt —

Reichmann. Er soll sehr grob sein —

Paul. Um so besser, dann ist er auch gutmütig! Geschwind, die Schlüssel!

Reichmann (mit tiefem Seufzer die Schlüssel gebend). Ich sehe im Geiste die schlimmsten Folgen!

Paul. Und ich das lustigste Abenteuer! Geh' mein Junge! oder wolltest Du den Sohn Deines Pflegevaters, Deinen treuen Jugendgespielen wirklich in der Dinte sitzen lassen?

Reichmann (gerührt). In der Dinte — nein — nein — ich gehe ja schon! (Macht einige Schritte, bleibt plötzlich stehen.) Mein Gott!

Paul. Was giebt's denn noch?

Reichmann (in die Coulisse rechts deutend). Sieh' nur den Wagen dort, wie er in rasender Eile von dem Ehrenberg herunterfliegt.

Paul. Wo — wo? Ah — dort! Eine Dame sitzt darin — allein —

Reichmann. Offenbar versteht sie nichts vom Fahren —

Paul. Die Situation ist in der That unbehaglich! Wenn

Als Manuscript gedruckt.

sie nicht kräftig hemmt, giebt's ein Unglück! Was, zum Henker, sie peitscht sogar noch auf den Gaul! Ist das Weib toll! (Wirft das Köfferchen hin und eilt schnell ab in die Coulisse rechts.)

Reichmann (ihm nachrufend). Paul, um Gotteswillen, Du wirst Dich dem wilden Pferd doch nicht entgegen werfen! — Er hört nicht und stürmt vorwärts! Da — jetzt ist der Wagen hinter dem Buschwerk verschwunden, er muß geradenwegs in den Fluß jagen! O Gott — o Gott, wenn das der Herr Graf oder das gnädige Fräulein wüßten! — Aber das war immer so, man kam in Pauls Nähe niemals ganz aus den Todesängsten heraus! Ich will nur hinter ihm her und forschen, ob ihm nichts passiert ist! Aber vorsichtig, ganz vorsichtig, damit mich Niemand sieht, denn ich bin ja nicht mehr ich selbst — (erschrocken) ja, um des Himmelswillen, wer bin ich denn eigentlich! Das hätte mir Paul doch wenigstens sagen sollen! (Steht in Gedanken, mit Gesten.)

3. Auftritt.

Friedrich (von rechts). **Reichmann**.

Friedrich (ohne Reichmann gleich zu sehen, rückwärts sprechend). War das ein toller Mensch, der eben an mir vorbeiraste! Hat mich beinah über den Haufen gerannt. (Reichmann bemerkend, nach vorn kommend.) Nanu — und da steht noch einer!

Reichmann (ohne Friedrich zu bemerken, heftig gestikulirend). Einen Namen muß ich doch wenigstens haben! Wenn man mich nun fragt — (verzweifelte Geberde) und man wird mich fragen, ich kenne mein Pech — „wie heißen Sie" — „wer sind Sie" — dann fängt mein Leiden an! (Heftige Bewegung.) Oh — er lacht darüber, er macht die tollsten Streiche und fürchtet niemals, daß ihm etwas schief gehen könnte, während ich vor Verlegenheit und Angst in ein Mauseloch kriechen möchte. (Geberde.) Oh, Paul, Du bist noch mein Tod!

Friedrich (für sich). Das scheint ein wunderlicher Kerl zu sein. (Laut.) He, mein Herr, Sie sind wohl vom richtigen Weg abgekommen — kein Wunder in diesem Urwald!?

Reichmann (der sich vom ersten Schreck erholt hat, ohne sein Gesicht zu zeigen). Nein — nein — ich danke Ihnen, ich bin am Ziele!

Friedrich (dummdreist). Am Ziele, oh, dann wollen Sie wohl nach dem Ehrenberg, denn außer dem Schloß giebt es kein Haus hier in der Nähe. (Ganz nahe bei Reichmann.)

Eh, Sie sind wohl gar der neue Verwalter, der heute ankommen soll?

Reichmann (verlegen). Ja — das heißt — nein — der bin ich nicht! (Greift in seiner Verlegenheit nach dem Köfferchen.)

Friedrich. Ja — nein —? Das ist nichts! Sie können mir vertrauen, ich bin ja der Friedrich vom Schlosse! Soll ich Ihnen das Köfferchen tragen?

Reichmann (das Köfferchen erschreckt fallen lassend). Das Köfferchen — ist — das Köfferchen gehört dem neuen Verwalter — dem Herrn, der dort den Berg hinab eilte —

Friedrich. Der mich beinah umgerannt hat? Aber wohin wollen Sie denn eigentlich?

Reichmann. Wohin ich will — wohin, fragen Sie — ja — das, das weiß ich selbst noch nicht! —

Friedrich (für sich). Der Mann ist mir verdächtig — (deutet auf seine Stirne) hier nicht richtig!

Reichmann. Der Mensch bringt mich zur Verzweiflung — es fehlte nur noch die Frage...

Friedrich (plötzlich, laut). Wer sind Sie denn — wie heißen Sie?

Reichmann (für sich). Natürlich — da haben wir's schon! (Laut.) Wer ich bin? Das geht Sie gar nichts an!

Friedrich. Na, so grob!

Reichmann. Ich bin nicht grob, bin für gewöhnlich ein sehr höflicher Mensch — aber heute — (Geberde, schweigt, wendet sich ärgerlich ab nach rechts.)

Friedrich (für sich). Verrückt — total verrückt! Muß ihn weg zu schaffen suchen!

Reichmann (starrt in die Coulisse rechts, erregt). Ah, dort kommt der Herr Verwalter zurück. Wo hinaus geht der Weg zum nächsten Bahnhof?

Friedrich. Zum Bahnhof? Dort muß ich eben auch hin — eine Depesche — ich begleite Sie —

Reichmann. Gut, kommen Sie — kommen Sie! (Beide ab links, Reichmann im Abgehen.) An den nächsten Kreuzweg brenn' ich ihm durch! (Ab, links.)

4. Auftritt.
Rose. Paul (von rechts).

Paul. Ein glücklicher Zufall, daß sich der Gaul mit einem Sprunge frei machte — aber der Wagen ist total zertrümmert!

Als Manuscript gedruckt.

Rose (gleichgültig). Mag es sein, was thut's!

Paul. Gut, daß Sie das Abenteuer so kaltblütig nehmen.

Rose (hat sich auf die Bank gesetzt und starrt vor sich hin).

Paul. Aber Sie scheinen davon angegriffen?

Rose (zu ihm aufsehend, spöttisch). Was berechtigt Sie zu dieser Annahme?

Paul. Ihre Blässe!

Rose. Wirklich? So kennen Sie nur die Blässe der Furcht?

Paul. Giebt es in diesem Falle eine andere?

Rose. Ja — die der Enttäuschung!

Paul. Ich verstehe Sie nicht!

Rose. Das ist auch nicht nothwendig! — Aber wie konnten Sie es überhaupt wagen, sich meinem Gefährt entgegen zu werfen?

Paul (belustigt). Ich hätte wohl Ihre Zustimmung zuvor erbitten müssen, meine Gnädige?

Rose. Die würden Sie schwerlich erhalten haben!

Paul. Nun, beim Himmel, Sie haben eine originelle Art, Ihrem Lebensretter zu danken!

Rose. Wenn ich nun aber nicht dankbar sein will —

Paul. So sind Sie wenigstens sehr aufrichtig!

Rose. Wer sagt Ihnen, daß ich gerettet zu werden wünschte?

Paul (wie oben). Es ist eine natürliche Voraussetzung, wenn man Jemand in Gefahr sieht.

Rose. Diese Voraussetzung paßt nicht überall!

Paul. Das merke ich! Dann hätten Sie also den Tod gesucht? (Betrachtet sie belustigt und bewundernd.)

Rose. Ich wäre ihm wenigstens nicht ausgewichen, da er mir begegnete.

Paul. Merkwürdig! Wenn man so jung und — ah bah — ich will Ihnen keine Schmeichelei sagen — und die Welt so schön ist?!

Rose (kurz und spöttisch auflachend). Schön? Ihre Schönheit ist Maske, sie ist häßlich und ich verachte sie! — Sie lächeln? Also haben Sie noch Illusionen!? (Nach kurzer Pause.) Warum widersprechen Sie nicht?

Paul. Weil ich überlege, welcher unserer Modephilosophen sich an Ihnen versündigt hat.

Rose. Wie so?

Paul. Haben Sie Schopenhauer oder gar Hartmann so erfolgreich studirt?

Rose. Ich hatte eine überzeugendere Lehrmeisterin — die Erfahrung!

Paul (lacht). Meine Gnädige!? So sehen Sie gerade aus!

Rose. Sie halten mich für eine Närrin — aber es kümmert mich wenig, was Sie von mir denken, — ich rede so offen, weil ich im Augenblick Lust dazu verspüre.

Paul. Zum Mindesten werden Sie mein Erstaunen begreiflich finden.

Rose. Ich könnte es noch vermehren!

Paul. Schwerlich!

Rose. Wenn ich Ihnen nun sage, daß ich in dem Augenblick, wo das Bewußtsein der Gefahr über mich kam, ein Gefühl der Befriedigung, ja, der Wonne empfand, daß ich hätte aufjauchzen mögen.

Paul. Dann, meine Gnädigste, dann bedaure ich sehr, Sie in Ihrer Glückseligkeit gestört zu haben!

Rose. In der That? (Plötzlich hell auflachend.) Aber ich bin wirklich närrisch, und Sie fangen auch bereits an, es zu werden. Wie komme ich nur dazu einem Fremden solche Geständnisse zu machen!

Paul. Vielleicht der Einfluß der unverpfuschten Natur, in der die Wunder heute noch alltäglich sind!

Rose (ihn nachdenklich ansehend). Vielleicht! — Und doch bereue ich fast meine thörichten Worte! — Zwei völlig fremde Menschen, von denen der Eine nicht einmal den Namen des Andern kennt.

Paul. Wären Sie beruhigt, wenn wir vorher unsere Visitenkarten ausgetauscht hätten?

Rose (lachend). Dort drüben mitten im Rettungseifer! Ein drolliger Einfall!

Paul (lacht ebenso herzlich). Stellen Sie sich vor: ich stürme heran mit hochgehobener Karte: „Meine Gnädige, darf ich" — Sie ebenso höflich, aber mit energischem Kopfschütteln: „Nie! überlassen Sie mich meiner Glückseligkeit!"

Rose (immer noch lachend). Abscheulich!

Paul. Aber, holen wir das Versäumte nach! (Greift in seine Brusttasche.) Wenn Sie mir gestatten —

Rose. Bitte!

Paul (sich plötzlich besinnend, für sich). Alle Wetter! Ich bin ja nicht mehr ich —

Als Manuscript gedruckt.

Rose. Nun, mein Herr?

Paul. Verzeihung — meine Karten sind mir abhanden gekommen.

Rose. Ich hoffe, Sie werden Ihren Namen auswendig wissen?!

Paul (für sich). Ein reizendes Geschöpf! (Laut.) Zu dienen, — meine Gnädige — Paul Reichmann, neuengagirter Verwalter auf dem Ehrenberge.

Rose (gedehnt). Wie?!

Paul (ebenso). Paul Reichmann —

Rose (mit völlig verändertem, vornehmen Ton). Genug, ich habe Sie verstanden, und bin nur ein wenig überrascht; den neuen Verwalter hatte ich mir etwas anders gedacht! —

Paul (lächelnd). Es thut mir sehr leid, wenn ich Sie enttäusche.

Rose (vornehm). Enttäusche? Sie reden eine eigenthümliche Sprache, mein Herr! Das Dienstpersonal des Freiherrn von Ehrenberg hat bescheidenere Formen! (Für sich.) Wie unvorsichtig von mir, einen so vertraulichen Ton anzuschlagen — aber er schien ein so vollkommener Cavalier —

Paul (für sich). Köstlich! Welche hochmüthige Miene plötzlich!

Rose (vornehm freundlich). Ich danke Ihnen, Herr Verwalter, daß Sie sich meinetwegen einer wirklichen Gefahr aussetzten.

Paul (verbeugt sich stumm).

Rose (wie oben). Wenn Sie nach dem Ehrenberge wollen, so können Sie mich begleiten, — ich gehe gleichfalls dorthin!

Paul (verbeugt sich tief).

Rose (für sich). Wie sein Benehmen plötzlich gemessen ist — ich habe ihn gekränkt — das hat er nicht verdient. (Freundlicher, laut.) Ich bedauere, daß kein Diener zur Stelle ist, um Ihr Köfferchen zu tragen.

Paul (für sich). Haha, sie lenkt ein! (Laut.) Er ist zur Stelle — ich selbst.

Rose (sich auf die Lippen beißend). Sie sind empfindlich —

5. Auftritt.

Die Vorigen. Freiherr. (Dann) Krug.

Freiherr (rechts halb in der Coulisse, rückwärts sprechend, Rose unterbrechend, ohne dieselbe zu sehen). Zum Henker, Krug, setzt doch Eure faulen Beine in Trab! Ihr schleicht ja wie ein lahmer Elephant!

Krug (hinter der Scene). Ich kann nicht mehr, Herr Baron! Der Atem geht mir aus, und ich fühle, mit Respekt zu melden, ein gräuliches Stechen in den Rippen. (Ist vorgekommen).

Freiherr. Wenn ich nach meiner Gicht nichts frage, dann schämt Euch, um Eure Rippen zu seufzen. Wüßte ich nur erst, ob mein braves Mädel die seinigen nicht zerbrochen hat, Himmel-Saprement!

Rose (heiter). Nein, Onkelchen, das hat sie nicht — (Freiherr eilt freudig auf sie zu.) Du brauchst meinetwegen nicht einmal den Arzt, geschweige denn den Totengräber zu bemühen.

Freiherr. Wahrhaftig, Mädel, Du lebst!

Krug. Ja, und mit ganz heilen Knochen.

Rose (lachend). Wenn sich unsere Ahnen bereits auf meine Gesellschaft gefreut hatten — es thut mir leid, aber sie müssen sich noch ein Weilchen ohne mich behelfen.

Freiherr. Wetterhexe! Dein Mundwerk ist noch gut imstande, da wird auch wohl sonst nichts an Dir zu flicken sein! (Sinkt auf die Bank.) Mir hingegen kann dieser Dauerlauf vom Ehrenberg herunter noch wochenlang in den Gliedern spuken!

Krug. Und mir desgleichen, mit Respekt zu melden!

Rose. Ja, warum habt Ihr Euch denn in diese ungewöhnliche Bewegung versetzt?

(Krug sieht den Freiherrn dumm an.)

Freiherr. Krug — Krug — sie fragt noch warum!

Krug. Unbegreiflich von dem gnädigen Fräulein!

Freiherr. So höre und beherzige Dir unsern Schrecken! Steht plötzlich Deine Kora zitternd und schweißtriefend vor ihrer Stallthür, aber kein Wagen, kein Fräulein zu sehen! —

Krug. Und da das Fräulein die beste Reiterin des Fürstentums ist, calculierten wir, mußte es doch zum mindesten den Hals gebrochen haben.

Paul (für sich). Ein biederes Hausthier — dieser Krug.

Rose. Diese Calculation war ganz richtig — aber es giebt Vorfälle, welche aller Berechnung spotten! Zum Beispiel: das unvermutete Erscheinen eines neuen Verwalters.

Freiherr. Will uns das Mädchen noch verhöhnen!

Rose. Dort steht er — und er ist mein Retter!

Freiherr. Sie der Retter?

Krug. Sie der Verwalter?

Als Manuscript gedruckt.

Paul. Zu dienen!
Krug. Na, Sie hätte ich mir auch anders gedacht!
Freiherr. Schweigt, Krug!
Krug. Aber, Herr Baron —
Freiherr. Was habt Ihr wieder zu raisonnieren?
Krug. Wenn Sie mir gleich im Anfang durch Maul= verbieten den Respekt untergraben — —
Paul (belustigt, für sich). Dieses Hausthier mein Vor= gesetzter — na — das kann heiter werden!
Freiherr (zu Paul). Also Sie sind der neue Verwalter?
Paul (näher tretend). Ja, Herr Baron!
Freiherr. Nach Ihren Briefen habe ich Sie mir freilich auch anders gedacht — einfacher — devoter —
Paul (für sich). Das glaube ich, der gute Reichmann fließt sicher über von Ergebenheit.
Freiherr. Warum antworten Sie nicht?
Paul. Herr Baron, ich muß leider bekennen, daß ich fast meine ganze Devotion in meinen Briefen abzulagern pflege.
Freiherr. Das scheint mir! (Mustert ihn.)
Rose (für sich). Die Briefe muß ich lesen.
Krug (für sich). Ein respectloser Wicht — sicher einer von den Studirten.
Freiherr (umhergehend). Eine närrische Art von Verwalter — ich könnte mich über seine Erscheinung, über seine Sicher= heit ärgern, wenn der ganze Kerl mir nicht gefiele! (Vor Paul stehen bleibend.) Gedient?
Paul. Zu Befehl, Herr Baron!
Freiherr. Wann?
Paul. Vor drei Jahren.
Freiherr. Wo?
Paul. In Berlin.
Freiherr. Regiment?
Paul. Garde. (Für sich.) Das geht scharf her.
Freiherr. Freiwilliger?
Paul. Zu Befehl!
Freiherr. Ihr Vorgesetzter?
Paul. Graf Lindner.
Freiherr. Kenne ich. — Avanciert?
Paul. Nein.
Freiherr. Oho — also bestraft?
Paul. Niemals!

Freiherr. Sonderbar! Werde mich gelegentlich bei Freund Lindner nach Ihrer Führung erkundigen.

Paul (für sich). Oho — das fehlte noch.

Freiherr. Das ist der Inspector Krug! Sie haben sich seinen Anordnungen zu fügen. (Krug macht eine entsprechende Geste.)

Paul. Ich werde mich bemühen.

Krug (für sich). Unangenehmer Mensch. —

Freiherr. Und, daß Sie dem Fräulein zu Hilfe gekommen sind, danke ich Ihnen. (Zu Rose.) Aber wo steckt denn der Wagen?

Rose. Komm mit mir, wenn Du ihn sehen willst! — Ein Rad ragt noch als Warnungszeichen aus der Flut hervor.

Freiherr. Was — im Fluß?!

Rose (nickt lachend und eilt nach rechts). Komm nur und sieh! (Freiherr folgt ihr kopfschüttelnd. Beide ab.)

6. Auftritt.

Krug. Paul.

Krug. Sie bilden sich wohl ungeheuer viel ein auf Ihre Heldenthat?

Paul (belustigt). Ganz nach dem Maaß meiner Bescheidenheit!

Krug. Und hoffen sich damit sofort zu insinuiren?

Paul (artig). Ich würde mich sehr glücklich schätzen, wenn mir dieses bei Ihnen, mein würdiger Vorgesetzter, gelänge.

Krug (verblüfft). Bei mir, hm! — Sie sind wohl aus recht anständiger Familie?

Paul. O ja, Gott sei Dank!

Krug. Haben Geld?

Paul. Mehr als ich brauche!

Krug. Das dachte ich! (Für sich.) Ein verwöhntes Muttersöhnchen! versteht sicher nichts von der Landwirtschaft!

Paul. Herr Inspector, in welchem Verhältniß steht denn das Fräulein zum Freiherrn? Ich meine —

Krug (entrüstet einfallend). Verhältniß? Hier ist von Verhältniß keine Rede. Das gnädige Fräulein ist die Nichte des Herrn Baron.

Paul (launig). Wenn sie ihn Onkel nennt, konnte ich mir das eigentlich schon denken! — Wollen Sie mir nicht den Namen nennen?

Krug. Baronesse von Sassen.

Als Manuscript gedruckt.

Paul. Was!?
Krug. Baroneſſe von Saſſen — ich ſpreche doch deutlich!
Paul (für ſich, erregt). Das wäre entſetzlich!
Krug (für ſich). Was hat er nur?
Paul. Doch nicht die Roſe von Saſſen?
Krug. Allerdings!
Paul. Die wilde Roſe?
Krug. Herr Verwalter, dieſe respectswidrige Ausdrucks= weiſe —
Paul (einfallend). Iſt empörend, Sie haben vollkommen recht! (Für ſich, auf= und abgehend.) Alle Wetter, da bin ich ja in eine ſchöne Situation geraten! Sie, die Roſe von Saſſen, die ich tötlich beleidigt habe, deren Bruder ich verwundete — das iſt zum toll werden!
Krug (der ihn kopfſchüttelnd betrachtet hat, für ſich). Das nimmt kein gutes Ende mit dem Mosjö! (Laut.) Herr Verwalter, ich denke, wir machen uns jetzt auf den Weg nach dem Ehrenberg.
Paul (für ſich). Nach dem Ehrenberg — um keinen Preis der Welt! Ich muß eine Ausrede finden.
Krug. Nun?
Paul. Einen Augenblick noch, beſter Herr Ober=Inſpector. Ich — ich (plötzlich) habe etwas verloren — ja — meinen Siegel= ring — ein heiliges Andenken. Ich muß noch einmal nach der Station zurück! (Greift nach dem Koffer und dem Piſtolenkaſten.)
Krug. Aber Sie werden doch Ihre Sachen nicht mit= nehmen! Geben Sie her!
Paul (zurückweichend). Aber, Herr Inſpector, ich kann doch unmöglich meinem Vorgeſetzten zumuten, meine Sachen zu tragen. Teilen Sie dem Freiherrn mein Mißgeſchick mit, und ſagen Sie ihm . . .
Krug. Dort kommt er ſelbſt!
Paul (für ſich). Fatal — zu ſpät!

7. Auftritt.

Die Vorigen. Roſe (und) Freiherr (von rechts).

Roſe (lachend). Ha, ha! Das iſt köſtlich! Herr Reich= mann, (zeigt nach rechts in die Couliſſe) ſehen Sie nur, es iſt zum totlachen — da kommen ſogar noch vier Männer mit Trauer= mienen und einer Bahre, um meine zerſchmetterten Glieder auf den Ehrenberg zu tragen.
Freiherr. Spotte auch noch! Gut, daß ſie überflüſſig ſind!

Rose. O nein, wir werden sie gebrauchen! (Winkt einem Diener.) Johann, nimm das Gepäck jenes Herrn und stelle es auf die Bahre.

Paul (für sich). Sie sollten mich nur selbst darauf legen, so vernichtet bin ich.

Rose (da Paul das Gepäck dem Diener nicht giebt). Geben Sie, Herr Reichmann.

Paul. Mein gnädiges Fräulein . . . (stockt und überläßt willenlos dem Diener das Gepäck. Freiherr und Diener entfernen sich nach rechts).

Rose. Was haben Sie denn?

Krug. Der Herr Verwalter vermißt einen kostbaren Ring und will noch einmal nach der Station zurück.

Rose. Nach der Station? Sie haben ihn eher bei meiner Rettung eingebüßt, und er liegt nun im Fluß —

Paul (nachdenklich). Vielleicht! (Rose sieht ihn prüfend an.)

Krug. Es war ein teures Andenken, sagt der Herr. (Folgt den Andern.)

Rose (leise). Herr Reichmann, ich habe Sie vorhin verletzt — zürnen Sie mir?

Paul (bewegt). O, mein gnädiges Fräulein — wie könnte ich —

Rose. Dann folgen Sie uns jetzt — (mit gewinnendem Lächeln). Den Ring, Herr Reichmann, wollen wir nachher gemeinsam suchen! (Wendet sich.)

Paul (für sich). Ich bin verloren! Wer könnte den Lockungen einer Sirene widerstehen! (Folgt Rose.)

(Vorhang fällt.)

Als Manuscript gedruckt.

Zweiter Akt.

(Salon auf dem Schloß Ehrenberg. Die Rückwand öffnet sich auf eine Terasse, welche zum Park führt. Rechts und links Thüren. Rechts im Vordergrund ein Fenster. Links im Vordergrund, neben einem Kamin, Sofa, Sessel und Tisch, ebenso ein behaglicher Platz an der Rückwand links. Einrichtung vornehm, aber nicht neumodisch.)

1. Auftritt.

Freiherr. Krug. (Beide von rechts.)

Freiherr. Na, seid Ihr nun am Ende mit Eurer Litanei?

Krug. Ich halte es für meine Pflicht, den Herrn Baron auf alle Uebelstände aufmerksam zu machen — dieser Herr Reichmann —

Freiherr. Wollt Ihr dem wieder etwas am Zeuge flicken? Nehmt Euch in Acht, Alter! Was diesen Reichmann anbelangt, so verstehe ich keinen Spaß — überhaupt ist mir jede Ohrenbläserei zuwider!

Krug. Ja, wenn der Herr Baron meine redliche Meinung Ohrenbläserei nennen — das ist hart für einen treuen Diener — das kränkt tief —

Freiherr. Na, heult lieber gleich los wie ein altes Weib! Wenn Ihr wüßtet, Krug, was für ein Schafsgesicht Ihr macht, wenn Ihr sentimental sein wollt, Ihr würdet Euch die Mühe sparen. Was giebt es überhaupt an dem jungen Mann zu tadeln?

Krug. Er paßt nicht hierher! Mit Respekt zu melden.

Freiherr. So, paßt nicht hierher! — Versteht er vielleicht nichts von der Wirtschaft?

Krug. Doch, die versteht er wohl, aber er drückt sich zuweilen so unverständlich — so studiert aus!

Freiherr. Den Leuten, den Arbeitern gegenüber?

Krug. Das habe ich noch nicht gehört.

Freiherr. Weiß er zu kommandieren?

Krug. Nicht in der richtigen Art!

Freiherr. Was soll das heißen?

Krug. Nun — gar zu — zu herrenmäßig — ja, das ist es — zu herrenmäßig!

Freiherr (auflachend). Schrecklich, schrecklich! Gehorchen ihm denn die Leute?

Krug (entrüstet). Besser als mir, Herr Baron!

Freiherr. Warum klagt Ihr denn?

Krug. Er bringt mich um mein Ansehen, und er selbst besitzt keine Subordination, keinen Respekt!

Freiherr. Vor mir?

Krug. Dahinter bin ich noch nicht gekommen!

Freiherr. Vor Euch?

Krug. Ja, Herr Baron, ja!

Freiherr. Das kann ich dem Burschen nicht übel nehmen.

Krug. Herr Baron —

Freiherr. Aber deßwegen könnt Ihr Euch doch vertragen. Ich habe nie großen Respekt vor Eurem Ingenium gehabt, und Euch doch bereits dreißig Jahre in meinem Dienste behalten. Und jetzt sollt Ihr als Schmerzensgeld noch Zulage haben, wenn Ihr nur das Maul halten wollt!

Krug. Herr Baron, ich bin ein so getreuer Diener —

Freiherr. Weiß ich — habt Euer Lebtage nur anderen Leuten nicht viel Gutes gegönnt, und der Neidhammel rumort Euch auch jetzt wieder gewaltig in den Knochen. Schweigt! weil der Reichmann mir gefällt, ist er Euch zuwider. — Kann ich dafür, daß er so viel besser versteht mich zu unterhalten als Ihr!? Er ist ein brillanter Whistspieler und endlich doch auch einmal ein Mensch, mit dem man vernünftig über Politik sich streiten und erhitzen kann.

Krug. Das würde mir freilich der Respekt verbieten —

Freiherr (lachend). Und sonst noch was, Du Dickschädel! (Vergnügt für sich.) Und schwadroniren kann der Reichmann noch besser als die Rose — ich vergesse wahrhaftig meine Gicht, wenn ich einmal in ein Kreuzfeuer von ihren tollen Einfällen gerate.

Krug. Unsereiner wird vom Herrn Verwalter gering geachtet, weil ihn die Herrschaft, mit Respekt zu melden, wie ihresgleichen behandelt. —

Freiherr. Ich behandele Jeden nach seinen Qualitäten! (Rose bemerkend, welche auf der Terasse sichtbar wird.) Rose, Du, komm' mir zu Hilfe gegen diesen alten Narren; er hat wieder einmal den Reichmann bei mir verketzert!

Als Manuscript gedruckt.

2. Auftritt.

Vorige. Rose (im hellen Sommerkleid).

Rose (gleichmütig). Wahrscheinlich hat er wieder einmal einen Vorzug an ihm entdeckt, um den er ihn beneidet.

Krug. Das gnädige Fräulein hätten eigentlich gar keine Ursache ihn in Schutz zu nehmen! — Den falschen Menschen.

Rose. Den falschen Menschen?

Freiherr. Was sind das für Ausdrücke, Krug? Nehmt Euch gütigst etwas zusammen.

Krug. Ich hätte es bis jetzt nicht verschweigen sollen!

Rose. Was?

Freiherr. Da bin ich denn doch neugierig.

Krug. Gleich bei seiner Ankunft frug er mich nach dem Namen des gnädigen Fräuleins, und als ich ihn nannte, da war er sehr überrascht.

Rose (für sich). O mein Gott!

Krug. Das gnädige Fräulein möge mich's nicht entgelten lassen — aber er lachte höhnisch, und sprach sehr respektwidrig von der wilden Rose!

Rose (lebhaft). Das ist nicht wahr!

Krug. Schon recht. — Machen Sie mich auf meine alten Tage noch zum Lügner!

Freiherr. Ein Lügner braucht Ihr gerade nicht zu sein, aber eine alte Klatschbase seid Ihr; und weil Ihr das verdammte Anschwärzen nicht lassen könnt, ist es mit der Zulage nichts! So, und jetzt seid Ihr entlassen! Marsch! —

Krug (im Abgehen für sich). Und das Alles um diesen Vornehmthuer! Aber ich werde es ihm eintränken! (Ab nach links.)

3. Auftritt.

Freiherr. Rose.

Freiherr. Laß Dich's nicht anfechten, Kind, wenn der alte Schwätzer auch vielleicht die Wahrheit gesagt hat.

Rose. Wie kann das möglich sein?

Freiherr. Das ist nicht so rätselhaft; der Reichmann ist nämlich auf dem Thorstein aufgewachsen und ein Jugendgespiele des jungen Grafen — daher wohl auch seine Bildung und seine nobeln Manieren. Er hat es mir gestern ganz unbefangen erzählt. Weiteres ist natürlich nicht zwischen uns erörtert worden! — Rose, sieh mich einmal an! (Rose reicht ihm die Hand, sieht aber zur Seite.) Armes Ding! Nun habe ich Dich wieder an den Grafen erinnert! — O, wenn ich diesen Spitzbuben nur einmal vor die Klinge bekäme! Trotz meiner fünfundsechzig Jahre wollte ich ihm einen ordentlichen Denkzettel geben! (Ab nach rechts.)

4. Auftritt.

Rosa. (Gleich darauf von links über die Terrasse) **Paul.**

Rose (allein). Also auch er! Ich wiegte mich in dem schönen Traum, ihm wenigstens sei das schreckliche Gerücht nicht zu Ohren gekommen. Sein Benehmen ist so ungezwungen und doch so respectvoll. — Es that mir so wohl! Und nun denken zu müssen, daß Alles nur Comödie war! Er lachte höhnisch — nannte mich die wilde Rose — o wie das schmerzt! (Rose wendet sich langsam, Paul ist auf der Terrasse erschienen, sie erblickt ihn und fährt zusammen.) Da ist er! (Bleibt unschlüssig stehen.)

Paul (mit einem blühenden Hagerosenzweig in der Hand). So gedankenvoll, gnädiges Fräulein, als ob der Sommertag mit seiner Schönheit nicht für Sie vorhanden wäre! Der Wald sehnt sich nach seiner Herrin und sendet Ihnen durch mich einen duftigen Gruß! (Ueberreicht ihr den Zweig.)

Rose (nimmt ihn mechanisch, fährt aber heftig auf, nachdem sie einen Blick darauf geworfen). Abscheulich!

Paul. Haben Sie sich an den Dornen verletzt?

Rose. Nein, aber Ihre Bosheit verletzt mich — doch (schleudert die Blumen zu Boden) ich verachte dieselbe.

Paul. Mein gnädiges Fräulein, ich verstehe nicht, wie diese unschuldigen Blumen Ihren Unwillen erregen können!

Rose. Wirklich? Sie hätten mir absichtlos — die wilde Rose geschenkt?

Paul (für sich). Mein Gott — die wilde Rose — daran dachte ich nicht.

Rose. Antworten Sie mir —

Paul. Absichtslos, mein gnädiges Fräulein, ganz absichtslos; aber Ihre Erregung erinnert mich daran, daß ich unbewußt eine große Taktlosigkeit begangen habe. Ich bitte Sie deßwegen aufrichtig um Vergebung!

Rose. Warum verschwiegen Sie mir, daß Sie den Grafen Thorstein kennen?

Paul (überrascht). Wer hat Ihnen davon gesprochen?

<u>**Als Manuscript gedruckt.**</u>

Rose. Mein Oheim! — Sollte es für mich ein Geheimniß sein?
Paul. O, nein!
Rose. Sie sind sein Freund?
Paul. Er nennt mich so.
Rose. Dann wissen Sie auch, warum ich diesen Grafen hasse.
Paul. Sie hassen ihn also wirklich?
Rose. Ja!
Paul. Wenn Sie ihn verdammen, will ich ihn nicht entschuldigen.
Rose. Nicht? Nun, ich würde es doch thun, wenn ich sein Freund wäre.
Paul. Wie?!
Rose. Er ist leichtgläubig, wie die große Masse, aber nicht so verächtlich. Keiner von all' den feinen Kavalieren des Hofes, die ohne Bedenken auf Kosten meines guten Namens die Conversation der Salons und der Weinstuben gewürzt haben, hätte es gewagt, so mutig seine Meinung zu äußern und zu verfechten!
Paul (für sich). Ich könnte ihr zu Füßen stürzen —
Rose. Sie sehen, ich kann auch gerecht sein gegen meinen Feind.
Paul (feurig). Wenn Sie wüßten, wie sehr ich Sie bewundere!
Rose. Und doch sind auch Sie von der Wahrheit jener Gerüchte überzeugt! — Sie schweigen? Also zum mindesten Zweifel?!
Paul. Ein Wort von Ihnen genügte, sie für immer zu bannen!
Rose (glücklich). Sie würden meinem Worte glauben?
Paul (ernst). Wie einem Ausspruch Gottes!
Rose (sieht ihn einen Augenblick an, geht dann nach vorn rechts zu einem Sessel.) Ich hatte gedacht, die Meinung der Menschen verachten zu können — und nun möchte ich mich rechtfertigen — vor Ihnen.
Paul (für sich). O, wenn sie es könnte!
Rose (setzt sich. Kleine Pause.) Nie habe ich die Liebe und Sorge einer Mutter gekannt. Sie starb bei meiner Geburt. (Sie betrachtet einen Ring an ihrem Finger. Paul nähert sich, bleibt aber seitwärts stehen.) Dieser Ring, welchen sie immer trug, ist das heiligste Andenken, welches ich von ihr besitze. — Mein Vater überlebte sie nur wenige Jahre, aber mein Bruder und

ich fanden einen Ersatz für ihn an unserm guten Oheim. Der Ehrenberg wurde meine zweite Heimat; hier wuchs ich auf in ungebundener Freiheit, und schon als Kind nannte man mich: Die wilde Rose. Damals aber wollte mich noch Niemand mit diesem Namen verletzen!

Paul. Mein gnädiges Fräulein!

Rose. Die Fürstin war meine Pathin und auf ihren Wunsch wurde ich mit zwölf Jahren in ein Pensionat geschickt, um dort meine knabenhafte Wildheit abzulegen. (Lächelnd.) Leider gelang es nicht ganz, mich zu bessern — ich und meine beste Freundin, Meta von Thorstein, blieben der Schrecken der ganzen Anstalt.

Paul. Wie, Meta, meine . . . (sich besinnend). Verzeihung, daß ich unterbrach.

Rose. Achtzehnjährig kam ich an den Hof, und die Fürstin begegnete mir mit mütterlicher Fürsorge. Mein Uebermuth und meine Spottlust belustigten die hohe Frau, meine Reitkunst erwarb mir die Gunst des Fürsten, der selbst ein passionirter Reiter ist. Er veranlaßte mich zu Spazierritten, an denen die Fürstin niemals teil nahm, weil sie nur ungern ein Pferd bestieg. Gewöhnlich begleiteten uns einige Damen und Herren des Hofes — zuweilen ritten wir auch allein. (Bewegung Pauls. Kleine Pause.) Das Gerücht, welches mich und den Fürsten in Verbindung brachte, war längst im Umlauf, ehe ich aus meiner Arglosigkeit, die nichts in dieser Bevorzugung des Fürsten fand, geweckt wurde. Die Bosheit und der Neid einer Hofdame öffneten mir die Augen. Damals erfuhr ich auch zuerst, daß das eheliche Glück des fürstlichen Paares durch die Galanterien des Fürsten schon öfters gestört worden sei.

Paul. Und Sie blieben dennoch am Hofe?

Rose (erregt, stolz). Sollte ich um eines falschen Gerüchtes willen die mir lieb gewonnene Stellung aufgeben? Und hätte man meinen Weggang nicht erst recht als Schuld ausgelegt? — Von jener Zeit an schien mir die Liebenswürdigkeit des Fürsten freilich nicht mehr so harmlos wie früher, doch behielt sie noch immer einen väterlichen Anstrich, so daß ich nicht einmal Comödie zu spielen brauchte, um den alten unbefangenen Ton ihm gegenüber festzuhalten. Leider beging die Fürstin die Unklugheit, bei Kleinigkeiten, die sie bei ihrem Gemahl durchzusetzen wünschte, sich meiner Vermittlung zu bedienen.

Paul. Und das war der gefährliche Einfluß, den man Ihnen zum Vorwurf machte?

Als Manuscript gedruckt.

Rose. Ja, das war mein ganzer Einfluß! Aber ich fühlte mich glücklich, stolz! und so lange die Fürstin mich nicht verkannte, verlachte ich trotzig die Meinung der Welt. — Es war eine thörichte Sicherheit! — Eines Abends — (stockt).

Paul (für sich). Ich zittere für sie — o Himmel, zwinge mich nicht, zu bemitleiden, wo ich anbeten und bewundern möchte.

Rose (atmet tief auf und fährt dann ruhig fort). Eines Abends fand der Fürst mich allein in dem Boudoir seiner Gemahlin. Ich wollte dieselbe von seiner Ankunft benachrichtigen — aber er hielt mich zurück. Mit halblauter Stimme flüsterte er mir das Geständnis seiner Neigung zu — und als ich zitternd vor Bestürzung ihn zurückwies, nannte er mich eine gefährliche Coquette — Die Fürstin trat ein, hörte das Wort, sah meine Verwirrung — kurz — noch an demselben Abend wurde ich verabschiedet. Sie glaubte nicht mehr ihrem Gemahl, nicht mehr mir. —

Paul (für sich). Armes Kind!

Rose. Ich flüchtete zu meinem Oheim, der mich liebevoll tröstete und mit mir gemeinsam auf die Erbärmlichkeit der Menschen schalt. Durch meine frühern Neider erfuhr ich, wie meine Entlassung gedeutet wurde — und bald darauf kam das Aergste, was meinen Ruf völlig vernichten mußte —

Paul. Was meinen Sie —?

Rose. Der beißende Spott Ihres Freundes, des Grafen Thorstein.

Paul (sich vergessend). Großer Gott, auch das haben Sie erfahren? Wer war der Elende?

Rose. Ein Brief ohne Unterschrift unterrichtete mich von dem Ausspruch — dem Duell. Der Diener reichte mir das Schreiben in den Wagen, als ich eben spazieren fahren wollte. Halb sinnlos vor Schreck, Zorn und Scham riß ich die Zügel an und peitschte auf das Pferd. — Begreifen Sie jetzt, daß mir die große Gefahr wie eine Erlöserin erschien —!?

Paul (dumpf). Ich begreife Alles!

Rose. Und Sie glauben Alles?

Paul (mit edler Aufwallung). Wie können Sie fragen!? Ich kenne den Grafen — stände er an meiner Stelle, er würde jetzt vor Ihnen niederknien und um Vergebung flehen!

Rose (reicht ihm die Hand, die er innig an seine Lippen drückt). Sagen Sie ihm später einmal, wie unverdient er mich gekränkt hat! (Sie birgt einen Augenblick ihre Augen in ihrer Hand.)

Paul (für sich). Mein Gott — kaum noch halte ich mich!

Rose (ruhiger). Und jetzt gehen Sie, Herr Reichmann und ehren Sie mein Vertrauen! Ich war Ihnen noch eine Genugthuung schuldig — nun sind wir quitt!

(Paul verbeugt sich tief und stumm, ab links.)

Rose (nach einer kleinen Pause hebt sie den Rosenzweig auf, küßt ihn und verbirgt ihn in ihrem Gewand, dann preßt sie die Hand auf das Herz). Thörichtes Herz — nun habe ich nach Deinem Willen gethan! Er wird mich achten — doch — ob er mich jemals lieben wird —? (Steht in Gedanken.)

5. Auftritt.

Rose. Friedrich. (Dann) **Meta von Thorstein.**

Friedrich (durch die Mitte). Gnädiges Fräulein!

Rose (fährt zusammen). Was giebt's?

Friedrich (eine Karte abgebend). Diese Dame verlangt das gnädige Fräulein zu sprechen.

Rose (nach einem Blick auf die Karte). Meta von Thorstein! Unmöglich! Ist die Dame allein?

Friedrich. Ganz allein und zu Fuß — aber sie hat eine Art, als wäre sie mit einem Viergespann vorgefahren.

Rose. Schon wieder vorlaut, Friedrich!? Geh' und bitte die Dame hier einzutreten.

Friedrich (ab, Mitte).

Rose. Meta hier — ohne vorherige Anzeige? Was soll ich davon denken? Billigt sie das Benehmen ihres Bruders — doch nein — sie ist die erste und einzige Freundin, welche mich aufsucht nach meiner Demütigung! (Exaltiert, während Meta auf der Terasse erscheint.) Oh, sie ist mehr wert, als ein Dutzend der Anderen!

Meta (lebhaft, beinah geschwätzig, aber stets liebenswürdig). Wirklich — mehr als ein Dutzend —? Wer diese nur sein mögen — die armen Geschöpfe! (Ist näher gekommen.) Wie, Du zögerst, Deine treueste Freundin zu umarmen, Du böse, Du stolze Rose!?

Rose (sie umarmend). Vergib mir, ich habe dieser Tage durch ein Glied Deiner Familie eine so schwere Kränkung erlitten — und da ich nicht weiß, wie Du über mich denkst —

Meta. Ich denke, daß dieses Glied meiner Familie ein großer Taugenichts ist, und daß es ihm böse, sogar sehr böse ergehen wird, wenn er mir unter die Augen tritt! Ah! Wüßte

Als Manuscript gedruckt.

ich ihn nur zu finden, aber er ist klugerweise verschwunden, spurlos verschwunden — oder hast Du eine Ahnung wo er steckt?

Rose (verwundert). Ich? Nein! Mag er sein wo er will — mich quält's an ihn zu denken. — Aber daß Du hier bist, freut mich — Du läßt also Deine geschmähte Freundin nicht fallen?

Meta (mit komischem Zorn). Fallen lassen — ich — Dich? Aber Rose, willst Du mich denn mit Gewalt kränken; ich glaube kein Wort von dem, was man gegen Dich sagt! Ich werde auf alle Welt einhacken, auf meinen Bruder — auf meinen Vater — nur nicht auf Dich!

Rose. Auf Deinen Vater?

Meta. Oh, der war recht garstig gegen mich — er hat mich aus dem Hause fort getrieben — (lachend) das heißt, ich bin ihm durchgebrannt!

Rose. Aber Meta!

Meta. Denke Dir, Rose, die Fürstin hatte Papa angekündigt, daß sie mich zur Hofdame wünschte —

Rose (unangenehm berührt). Ah —

Meta. Ich — Deine Nachfolgerin! Ist das nicht eine Zumutung, die selbst einen Engel — und darauf mache ich wahrlich keinen Anspruch — empören mußte!

Rose. Du hast abgelehnt?

Meta. Nun, natürlich —! Wie kannst Du an eine Freundin überhaupt solch' kränkende Frage richten. Gewiß habe ich abgelehnt, energisch abgelehnt! Es war ein harter Kampf, denn Papa meinte, Durchlaucht sei von Paul schon so schwer gekränkt worden, daß wir durch diese Zurückweisung sein Wohlwollen völlig verscherzen würden; aber ich sagte ihm meine Meinung, und Du weißt, ich finde Worte, wenn ich will!

Rose (lachend). „Schlagfertig wie Gräfin Meta" so hieß es schon in der Pension.

Meta. Ich bitte Dich, was liegt mir am fürstlichen Wohlwollen — mich fesselte etwas anderes an den Hof — doch davon später.

Rose. Warum nicht jetzt? Ich möchte gar wohl gerne wissen, was imstande war, Dich zu fesseln.

Meta (mit komischer Zerknirschung). Ja, siehst Du, Rose, ich schäme mich einstweilen noch, es Dir zu sagen! Wir sind nun einmal große Sünder, und in Allem, was wir thun und lassen, spielt unser eigenes „Ich" die Hauptrolle. Nach der großen

Redeschlacht sagte ich meinem Papa, ich würde meine Tante auf dem Hohenfels für einige Tage besuchen — statt dessen zog ich aber vor, hierherzukommen, weil ich Dir etwas anvertrauen muß —

Rose. Mir?

Meta. Ja, Rose! Dir! Und Du sollst mir wieder einmal, wie schon oft die Wahrheit sagen, die ungeschminkte Wahrheit, wenn mir das Herz auch dabei in Stücken bricht — denn es handelt sich um etwas sehr ernsthaftes — um die wichtigste Angelegenheit meines Lebens.

Rose. Du machst mir Angst, und das ist doch sonst nicht Deine Art.

Meta. Zuerst laß Dir sagen, daß es nicht die Freundschaft allein war, die mich die Stellung am Hofe ausschlagen ließ, sondern auch — (stockt).

Rose. Nun?

Meta. Aber lache nicht!

Rose. Ich bitte Dich, Meta? Sondern auch?

Meta. Die Liebe!

Rose. Die Liebe? Die Liebe zu einem Manne?

Meta. Nun — natürlich — zu was denn sonst?

Rose. Ah, das ist ja herrlich — Meta von Thorstein verliebt, die Eisprinzessin? Ein Wunder begiebt sich — Und wer ist der Glückliche?

(Paul tritt ein.)

Meta. Ich weiß nicht — (schweigt und blickt drollig verlegen auf ihre Fußspitze).

6. Auftritt.

Die Vorigen. Paul.

Paul (für sich). Ich suche ihr Antlitz, wie der Sünder das Gnadenbild.

Rose. Herr Reichmann?! Wollten Sie etwas von mir?

Paul (erblickt Meta, für sich). Alle guten Geister loben den Herrn — Meta, meine Schwester!

Meta (hat sich umgewandt, erblickt Paul, im höchsten Erstaunen). Wie? Das ist ja Paul — mein —

Paul (schnell einfallend). Ja, Paul Reichmann, Ihr Jugendgespiele, es ist sehr schmeichelhaft, daß die gnädige Gräfin sich seiner noch erinnern.

__Als Manuscript gedruckt.__

Rose. Richtig, Du kennst ja den Herrn Verwalter, er sprach mir bereits von Euerm Zusammenleben.

Meta. Verwalter? Dieser Herr ist Verwalter hier auf dem Ehrenberg?

Paul (sucht ihr verstohlen Zeichen zu machen, mit Betonung). Sie sind überrascht, gnädige Comtesse? das finde ich natürlich, denn ich hätte Ihre Familie davon benachrichtigen müssen, da dieselbe mir die Bewirtschaftung des Thorstein übergeben wollte. Aber glauben Sie mir, ich hatte triftige Gründe dieses Amt einstweilen nicht anzunehmen.

Meta. Triftige Gründe hatten Sie — Herr Reichmann? (Tritt langsam auf ihn zu.) Ich bin gespannt, dieselben später zu erfahren. (Steht vor ihm, leise.) Du Taugenichts, was soll das wieder heißen?

Paul (leise). Schweige um Deiner Freundin willen! (Laut.) Ich stehe jederzeit dem gnädigen Fräulein zu Diensten. Jetzt, meine Damen gestatten Sie mir, mich zu entfernen, ich habe eine Depesche an den Herrn Baron abzugeben.

Rose. Eine Depesche? Wohl von meinem Bruder! Wir erwarten stündlich Nachricht von ihm. Geben Sie, ich werde sie dem Onkel selbst bringen.

Paul. Wie Sie befehlen! (Ueberreicht die Depesche.)

Rose. Du entschuldigst mich einen Augenblick, Meta? Du kannst Dir unterdessen von Herrn Reichmann die triftigen Gründe auseinandersetzen lassen. (Ab, rechts.)

7. Auftritt.

Meta. Paul.

Paul (nachdem er sich überzeugt, daß Rose weg ist.) Aber Mädchen, welcher Unstern führt Dich denn gerade jetzt auf den Ehrenberg?

Meta. Nun, Bruder Paul, ich dächte, Du hättest alle Ursache einen anderen Ton anzuschlagen! Denn wahrlich nicht um Dich zu schonen, sondern nur einzig und allein um Rose großen Schmerz zu ersparen, ging ich auf Deinen unverantwortlichen Betrug ein, und ich erwarte sofort, daß der Herr Verwalter Paul Reichmann die Güte hat, mir zu erklären, wie er in dieses Haus gekommen ist, und was er in demselben will!

Paul (mit drolliger Zerknirschung). Wahrscheinlich zur Strafe meiner Sünden trieb mich der böse Geist an, mit Reichmann die Rolle zu wechseln! Während er gemütlich auf dem Thorstein sitzt, siehst Du mich hier in die tollste Comödie verwickelt.

Meta (mit drolliger Entrüstung). Comödie —?! Das nennst Du Comödie, wenn sich der Beleidiger unter falschem Namen in das Haus der tief Beleidigten eindrängt?!

Paul. Ich gebe Dir mein Wort darauf, Meta, daß ich nichts von dem hiesigen Aufenthalt Deiner Freundin wußte, als ich mit Uebermut das Spiel begann, welches ich heute schon bitter bereue. — Doch still, man kommt! — Nein, es war nichts. Du siehst, ich fange schon an nervös zu werden. Glaube mir, Meta, wir müssen noch schweigen, es steht viel auf dem Spiel, meine Freiheit, meine Ehre — ja noch mehr!

Meta. Nun das Mehr wollen wir nicht näher erörtern. Du hast wieder einmal einen tollen Streich ausgeführt, das ist Alles, und ich verlange von Dir, daß Du diesem unwürdigen Spiel ein Ende machst! Nenne Deinen wahren Namen, zeige, daß Du Dein Benehmen und Deine Beleidigung bereust. —

Paul. Das geht nicht so schnell —

Meta. Vergiß nicht, daß ich mit Fug und Recht hier stehe, während ein Wort von mir Dich in die peinlichste Lage bringt. —

Paul. Dies Wort wirst Du vorläufig nicht sprechen.

Meta. Wer will es mir wehren? Du verdienst keine Schonung. Glaub mir: Nie werde ich dulden, daß Du zur Beleidigung auch noch den Hohn fügst, Du Leichtsinniger, Du!

Paul (sich umsehend). Schreie nur nicht so, und nenne mich nicht so laut „Du"! Jeden Augenblick kann Jemand eintreten. Von Hohn ist gar keine Rede, im Gegentheil, ich kenne kein heißeres Verlangen, als das Unrecht zu sühnen, das ich in törichter Verblendung an Deiner Freundin begangen habe. Doch es ist hier nicht der passende Ort für reumütige Bekenntnisse, aber auch ohne sie gehört zu haben, darfst Du mir glauben, daß ich Alles zum guten Ende führen werde. Schenke mir noch drei Tage!

Meta. Nun wohl, drei Tage will ich Dir schenken — Doch wisse, wenn sie verstrichen die Frist, — Eh' Du zurück mir gegeben bist, (Ton wechselnd) als Bruder nämlich) — so — doch still man kommt!

(Freiherr und Rose auf der Terrasse.)

Paul (laut). Ich danke Ihnen, gnädige Comtesse, für Ihre Nachsicht und werde mich derselben würdig zu machen suchen!

Als Manuscript gedruckt.

8. Auftritt.

Freiherr. Rose. Die Vorigen. (Später) **Friedrich.**

Freiherr (ärgerlich). Ach was, Rose! Ich liebe die Ueberrumpelungen nicht und billige die Depeschen höchstens bei Unglücksfällen. Aber so ist die junge Welt — da meldet man sich per Draht an und erscheint dann womöglich gleichzeitig mit dem Wisch!

Rose. Aber das hat doch Max bis jetzt noch nicht gethan.

Paul (zu Meta). Ihr Bruder — er will kommen?

Meta (leise zu Paul). Da hast Du Deine Strafe!

Freiherr. Nun ist wohl kein Zimmer in Ordnung?

Rose. Alle! — Aber begrüße doch erst unsern Gast.

Freiherr (geht auf Meta zu, die ihm entgegen kommt). Gehorsamer Diener, mein liebes Fräulein! Seien Sie willkommen auf dem Ehrenberg.

Rose (zu Meta). Und entschuldige die Aufregung meines Oheims; mein Bruder kommt heute noch. (Leise weiter.)

Paul (für sich). Heute noch — da hätte ich wirklich Lust mich in meine Atome zu verflüchtigen.

Rose. Ich möchte ihm entgegen reiten, Onkelchen.

Freiherr. Und Deinen Gast allein lassen? — Das geht nicht — da ist ja Reichmann — der kann mit dem Wagen nach der Station fahren.

Rose. Ach ja, Herr Reichmann, wollen Sie meinen Bruder wohl abholen?

Meta. Oh — das wird dem Herrn Verwalter ein großes Vergnügen sein.

Paul (verzweifelt, für sich). Es wird immer besser — ich ahne schon das zweite Duell!

Freiherr. Aber sputen Sie sich — ich möchte nicht, daß mein Neffe bei seiner Verwundung zu Fuße geht.

Paul. Herr Baron, ich muß bitten, schicken Sie einen Andern — mir ist nicht ganz wohl.

Freiherr. So?

Rose (besorgt). Sie sind krank?

Paul. Ein Anfall von Schwindel!

Meta. Herr Reichmann klagte bereits vorhin gegen mich und zeigte schon ein wenig Fieber!

Freiherr. Na, ich hätte Ihnen solche Weiberschwäche nicht zugetraut — aber die ganze junge Generation taugt nichts — da werde ich wohl selbst trotz meines Podagras —

Friedrich (tritt rasch auf von rechts). Herr Baron, eben kommt der junge Herr den Schloßberg hinauf.

Rose (erfreut). O, dann muß ich ihm entgegen — (eilt zur Terrasse).

Freiherr. Natürlich — direkt hinter der Depesche her — zu dumme Erfindung! (Ab.)

Rose (ist an der Terrasse stehen geblieben). Begleitest Du mich, Meta?

Meta. Geh' nur voraus, ich folge gleich! (Rose ab. Für sich.) Mein eifrigster Bewerber hier! — er wird mein Hiersein zu seinen Gunsten deuten — ich muß seine Hoffnungen durch Kälte dämpfen — (ab — bis auf Paul Alle ab über die Terrasse).

Paul. So — da steckte ich also wirklich in der schönsten Klemme! So viel Bosheit hätte ich dem Schicksal gar nicht zugetraut. Meine einzige Rettung ist sofortige Flucht — aber vorher eine Generalbeichte an Rose! Wie sie mich verachten wird, wenn sie den Betrug erfährt — es ist zum Rasendwerden! (Wendet sich rechts.) Ich könnte mich selbst in's Pfefferland wünschen! (Er will fort, stößt aber auf Reichmann, der sich vorsichtig umschauend von rechts eingetreten ist.)

9. Auftritt.
Paul. Reichmann.

Paul (entsetzt zurückfahrend). Reichmann — Du?

Reichmann (flüsternd). Ja, ich bin's, Paul!

Paul (mit komischem Entsetzen auf den nächsten Stuhl sinkend). Das ist zuviel!

Reichmann. Es war durchaus nothwendig, daß ich herkam.

Paul. Bin ich denn noch Paul Thorstein oder ein Shakespeare'scher Bösewicht, dem die Geister Aller, an denen er gefrevelt hat erscheinen, um ihm sein nahes Ende zu verkünden!

Reichmann. Aber Paul, ich will Dich ja im Gegentheil warnen —

Paul. Außerordentlich liebenswürdig von Dir!

Reichmann. Du mußt fort!

Paul (aufspringend). Wirklich? Und um mir diese überraschende Mitteilung zu machen, tauchst Du in diesem Augenblick als mein Doppelgänger auf! — Mensch, bist Du denn ganz von Sinnen?!

Als Manuscript gedruckt.

Reichmann. Aber so höre doch nur erst! Dein Vater war heute auf dem Thorstein und sandte mich in die Kreisstadt. Unterwegs erfuhr ich, daß der Baron von Sassen auf dem Wege nach dem Ehrenberg sei —

Paul. Bereits angekommen!

Reichmann. Wie?! Und Du bist noch hier?

Paul. Wie Du siehst! Aber Dich, lieber Freund, auch noch hier auftauchen zu sehen, das geht mir denn doch über den Spaß!

Reichmann. Dann will ich wieder verschwinden! Uebermäßig wohl fühle ich mich hier doch nicht!

Paul. So spute Dich! (Reichmann schleicht nach der Terrasse.) Doch nein — bleib!

Reichmann (erschrocken). Wie!? —

Paul. Vielleicht kann ich Dich hier als Nachfolger empfehlen.

Reichmann. Unter welchem Namen denn? Ich höre jetzt schon das entsetzliche: Wer sind Sie!? Wie heißen Sie!? (Freiherr und Rose, dann Max mit Meta erscheinen auf der Terrasse. Die ersteren gehen langsam nach vorn, während die letzteren länger im Hintergrund bleiben.)

Paul. Das wollen wir draußen besprechen — fort von hier — (wendet sich halb und erblickt das erste Paar). Oh weh — zu spät! Folge mir, Freund! (Sucht rückwärts die Thüre rechts zu gewinnen, hält sein Taschentuch an das Gesicht. Reichmann bleibt vernichtet vorn stehen.)

10. Auftritt.

Freiherr. Rose. Max. Meta. (Dann) **Friedrich.**

Max (den Arm in der Binde). Ich wiederhole nochmals, macht Euch keine Sorge, die Wunde ist beinah wieder geheilt. (Freiherr und Rose gehen nach vorn, Meta erblickt Paul und hält Max durch Gespräch zurück.)

Meta. Sie befreien mich von einer großen Unruhe, Herr Baron!

Max (zu Meta). Und Sie bereiten mir eine große Freude durch Ihren Besuch.

Meta. O, mein Herr, dieser Besuch gilt nicht Ihnen — sondern nur meiner Freundin — (leise, mit großer Kälte) merken Sie sich das, Baron, nur meiner Freundin.

Max. Sie sind schlimmer als Ihr Bruder — er ver=

wundete mir leicht meinen Arm — Sie aber treffen schwer mein Herz! (Leise weiter.)

Freiherr (zu Paul, der glücklich die Thür rechts erreicht hat). Wie, noch immer nicht mobil?

Paul. Ein erneuter Anfall —

Freiherr. Von Schwindel?

Paul. Furchtbarer Schwindel — ja! (Rasch ab rechts.)

Reichmann (ängstlich). Er geht und läßt mich mit den Herrschaften allein.

Freiherr. Na — was steht denn da für ein Jammerbild? (Reichmann will an ihm vorbei.) Oho — was sind das für Manieren? Wenn man in fremde Zimmer eindringt, hat man sich doch zu legitimiren. Wer sind Sie? Wie heißen Sie?

Reichmann. Ach, Verzeihung — ich — ich —

Friedrich (zum Freiherrn). Herr Baron, den kenne ich — es ist der Verrückte, der mir neulich im Walde begegnet ist. und als ich ihn in Sicherheit bringen wollte, plötzlich davon lief —

Alle (außer Meta). Ein Verrückter!?

Meta (für sich). Reichmann! (Kommt nach vorn, Max folgt.)

Freiherr. Was faselst Du? (Sieht Reichmann scharf an.) Aber freilich — wenn ich ihn mir genau betrachte —

Reichmann. Ich ein Verrückter? Das ist eine Verläumdung — eine unmenschliche Verläumdung (bemerkt Meta, stürzt auf sie zu). Ach — Gräfin Meta — Gott sei Dank — Sie hier — helfen Sie mir!

Rose (überrascht). Du kennst ihn?

Freiherr. Sie kennen ihn?

Meta. Allerdings —

Rose. Wer ist er denn?

Meta. Er ist — ein Vetter Eures Verwalters, den er sicher zu besuchen kam — sein Name ist: Karl Reichmann. (Für sich.) Na warte, Paul!

Alle. Ach so!

Freiherr. Na, nichts für ungut — dann suchen Sie Ihren Vetter auf, und trinken Sie ein Glas Wein zur Stärkung auf Ihren Schreck.

(Alle wenden sich lachend nach links.)

Reichmann (für sich). Gottlob — nun weiß ich doch endlich wie ich heiße!

(Vorhang fällt.)

Ende des zweiten Aktes.

Als Manuscript gedruckt.

Dritter Akt.

(Zimmer wie im vorigen Akt.)

1. Auftritt.

Max. Rose.

(Rose steht am Fenster im Reitkostüm, in der Rechten die Reitgerte, in der Linken eine kleine Photographie. Max sitzt auf dem Sofa und liest in einem Buche. Er trägt den Arm nicht mehr in der Binde.)

Rose (halblaut). Wenn ich diese vornehmen Züge betrachte, werde ich irre an meinen Beobachtungen.

Max. Was hast Du denn eigentlich, Rose, Du murmelst nun schon fünf Minuten lang vor Dich hin — das ist langweilig, — ich meinte, Du wolltest ausreiten —

Rose. Mein Spazierritt eilt nicht. — Ich betrachte eben Meta's neueste Photographie, die sie mir heute Morgen geschenkt hat.

Max (wirft die Zeitung weg, springt auf). Meta's Photographie — das ist ja sehr interessant, bitte, laß sehen! (Tritt auf sie zu.) Laß sehen!

Rose (reicht ihm das Bild). So stürmisch! Nimm Dich in Acht, Max!

Max (begeistert). Wie wunderbar sie getroffen ist! Das Bild mußt Du mir schenken, Rose, ich muß es haben, auf alle Fälle!

Rose (für sich). Wie er schwärmt! Es ist hohe Zeit, daß ich diese Glut abkühle. (Laut.) Bewirb Dich nicht zu eifrig um Meta, sie verdient es nicht. (Legt die Peitsche auf den Tisch.)

Max. Sie verdient es nicht — und das sagst Du in einem Tone, der fast verächtlich klingt —

Rose. Jedenfalls ist Dein Werben unnütze Gefühlsverschwendung!

Max. Rose, bedenke, was Du sprichst!

Rose. Ich habe Ursache anzunehmen, daß zwischen Gräfin Meta und dem Verwalter Paul Reichmann ein zärtliches Einverständnis herrscht —

Max (lacht). Aber Rose?

Rose. Lache nicht, gestern spät und heute früh sah man sie zusammen spazieren gehen und — —

Max (etwas gereizt, unterbrechend). Dann hat dieser sogenante Jugendgespiele sich zu viel herausgenommen, denn Meta ist ein herrliches Wesen — sie trifft jedenfalls keine Schuld.

Rose (erregt). Ich aber halte Reichmann für einen Ehrenmann — Meta dagegen für eine Coquette!

Max (sie einen Augenblick fixirend). Schwesterchen, Schwesterchen, Du nimmst auffallend heftig Partei für Euern Verwalter! — Schade, daß ich diesen Herrn noch gar nicht zu Gesicht bekommen habe, aber ich werde ihn heute noch zu finden wissen; er interessiert mich schon als Meta's Jugendgespiele.

Rose (gereizt). Gut, beachte meine Warnung nicht!

Max. Ich kenne Meta; sie ist stolz und für Männer schwer zugänglich. — Wäre sie kokett, so hätte sie am Hofe ihrer Eitelkeit großartige Triumphe bereiten können, aber keiner der Herrn wird ihr den geringsten Vorwurf zu machen wagen. — Und da sollte sie diesen Herrn Verwalter — (lacht unbefangen). Unmöglich!

2. Auftritt.

Vorigen. Freiherr. Krug. (Beide durch die Mitte.)

Freiherr (im Eintreten). Schweigt, Krug, ich brauche Euer Raisonnement nicht! Aergere mich ohnedies schon genug! Ein wahrer Satanskerl — dieser Reichmann!

Max. Sehr richtig, Onkel, er setzt das ganze Haus in Aufregung!

Freiherr. Es ist nicht mehr zum Aushalten mit ihm.

Rose (besorgt). Was ist denn geschehen, Onkelchen? Hat Reichmann sich etwas zu Schulden kommen lassen?

(Max betrachtet kopfschüttelnd Rose.)

Freiherr. Zu Schulden kommen lassen? Der Teufel ist in ihn gefahren! Der Kerl ist ja wie ausgetauscht seit seinem Schwindelanfall! Bittet mich gestern schon um Urlaub — Urlaub in der Erndtezeit — ich bitte Euch! Will mir das Jammerbild von Vetter als Stellvertreter substituiren — da soll doch gleich —

Krug. Wenn ich meine bescheidene Meinung äußern dürfte, so gefällt mir das sogenannte Jammerbild besser als der vornehme Herr Verwalter!

Freiherr. Schweigt, was versteht Ihr davon?

Krug (beleidigt). Nun — ich sollte doch meinen —

__Als Manuscript gedruckt.__

Freiherr. Daß Ihr wißt, wann der Roggen reif ist, und das Grummet gemäht werden muß — ja! Aber was ein feines Whist — oder eine politische Combination bedeutet, davon habt Ihr keine Ahnung.

Max (lachend). Und das sind wohl in Deinen Augen die schätzenswertesten Eigenschaften eines Verwalters, Onkelchen?!

Freiherr. Wenigstens sehr angenehme! — Du zum Beispiel verstehst auch nicht zu politisiren — denn Du hast immer meine Ansicht; — wie kann denn da ein vernünftiger Disput zustande kommen! Dieser Reichmann ist wirklich ...

Max (unterbrechend). Ein Phönix — wenn ich ihn nur einmal zu sehen bekäme!

Freiherr. Das ist ja eben das Tolle — er schmollt!

Rose. Aber — Onkel!

Freiherr. Ja, verlaß Dich auf mein Wort, er schmollt! Bei Tische läßt er sich entschuldigen, weil er mit seinem Vetter auf seiner Stube speisen will — des Abends ist er auf der Jagd — wann wäre es ihm wohl vorher eingefallen auf die Jagd zu gehen?!

Krug. Und Abends ganz spät promenirt er noch mit jungen Damen —

Freiherr. Krug, was soll das heißen?

Krug. Daß ich den Herrn Verwalter gestern Abend mit der jungen Gräfin von Thorstein im Parke gesehen habe, (boshaft) sie gingen, — mit Respect zu melden, zärtlich Arm in Arm —

Rose (für sich). Mein Gott!

Max (drohend). Krug, das haben Sie wirklich gesehen?

Krug. Mit diesen meinen Augen!

Max (ruhig). Die mir doch zu alt sind um ganz zuverlässig zu sein! — Lieber Onkel, laß doch diesen viel begehrten Herrn Verwalter sofort zu Dir entbieten!

Freiherr. Das habe ich schon gethan, der Spitzbube kommt aber nicht — er hat immer eine Entschuldigung.

Max. Ei, so zeige ihm doch Deine ganze Strenge!

Freiherr. Ja, da bin ich auch noch sehr im Zweifel, ob er kommen wird.

Max (lachend). Wer ist denn eigentlich Herr im Schlosse, Du Onkel, oder er?

Krug (boshaft). Wenn's einer ist, dann sicherlich, mit Respekt zu melden, der Herr Verwalter.

Freiherr (wütend zu Krug). Unverschämter, wie oft muß

ich) Euch sagen, daß Ihr schweigen sollt! (Zu Max.) Und wer hier Herr im Schloß ist, das will ich Dir gleich zeigen. (Ruft.) Friedrich — Friedrich!
(Rose drückt auf eine Glocke, Meta erscheint auf der Terrasse, Friedrich tritt ein von rechts.)

3. Auftritt.
Vorige. Meta. Friedrich.

Friedrich. Sie befehlen, Herr Baron?
Freiherr. Geh' zum Herrn Verwalter und sage, ich ersuche ihn, sofort hierher zu kommen! (Friedrich ab.)
Meta (vorkommend, für sich). Da komme ich just zur rechten Zeit — Max und Paul — ein tête-à-tête — das fehlte noch)!
Freiherr. Jetzt wird es sich zeigen!
Krug (für sich). Daß er nicht gehorcht, das weiß ich schon!
Max (grüßend). Gräfin Meta!
Meta (zu Max). Ich komme, Sie abzuholen, Sie haben noch keinen Spaziergang gemacht, und der Arzt verordnete Ihnen doch so strenge regelmäßige Bewegung.
Max. Später, meine gütige Mahnerin, später, wenn Sie gestatten! Jetzt möchte ich mir wirklich erst das Wunderthier von Verwalter ansehen.
Meta. Mein Gott, was liegt an dem Verwalter?
Rose (für sich). Heuchlerin! Kein Zweifel, sie fürchtet eine Begegnung in unserm Beisein.
(Friedrich kommt zurück.)
Max. Nun, Friedrich?
Freiherr. Kommt er?
Friedrich. Zu Befehl — nein! Der Herr Verwalter läßt sich entschuldigen, er müsse im Augenblick auf's Feld, und die Leute antreiben, das letzte Fuder einzufahren — es stände ein Gewitter über dem Walde.
(Alle lachen, außer dem Freiherrn.)
Max (lachend). Es steht wahrlich schlecht um Dein Ansehen, Onkel!
Freiherr (der einen Augenblick starr gestanden, poltert los). Himmel-Kreuz-Saperment! Das Wetter soll ihn treffen, den Unverschämten! Friedrich, Du sagst dem Herrn Verwalter, er hätte sich auf der Stelle hierher zu verfügen, wenn ich es ihm befehlen ließe, und sollte das Korn darüber zum Teufel gehen — das wäre meine Sache! Marsch, fort! — (Friedrich will gehen.)

Als Manuscript gedruckt.

Friedrich! Meinetwegen kannst Du Dich auch etwas höflicher ausdrücken — aber kommen muß er sofort — ich befehle es! Ich bin auf meinem Zimmer.

Friedrich. Sehr wohl, Herr Baron! (Ab rechts.)

Freiherr. Donnerwetter, ist mir der Aerger in die Glieder gefahren! Ich muß einen Schluck zur Stärkung nehmen. Jetzt soll er aber meine Meinung gründlich hören. (Geht rechts.) Krug, mitkommen! (Ab rechts.)

Krug (folgt ihm). Zu Befehl, Herr Baron! (Ab rechts.)

Max. Nach dem bisherigen Verhalten dieses Herrn Verwalters scheint es mir doch fraglich zu sein, wer von den Beiden die Meinung des Andern zu hören bekommt! (Zu Meta.) Jetzt, Gräfin, stehe ich zu Ihren Diensten.

Meta. Ich möchte wohl im Parke die Eiche zeichnen, auf welche Sie mich aufmerksam machten! Die Beleuchtung ist jetzt gerade besonders schön.

Max. Bravo, Comtesse, das ist eine gute Idee.

Meta. Aber da fällt mir ein, daß mein Klappstuhl wahrscheinlich noch unten am Teiche steht —

Max (eifrig). Ich werde vorausgehen und ihn suchen.

Meta. Ich bitte, thun Sie es, indeß ich meinen Hut und mein Skizzenbuch hole.

Max. Schön, wir treffen uns an der Eiche. (Ab Terasse.)

Meta (für sich). Für dieses Mal wäre die Gefahr beseitigt — ich werde mit Paul nachher ernstlich reden. (Ab links.)

Rose (allein). Nein, dieses Komödienspiel ist doch zu arg! Ob sie wirklich glaubt, daß ich sie nicht durchschaue! Wer hätte so viel Berechnung hinter dieser klaren Stirn gesucht. Natürlich will sie nicht, daß ihre beiden Verehrer zusammentreffen, denn ein Blick, ein Wort des Einen könnte ja den Anderen eifersüchtig machen. Doch ich werde niemals dulden, daß Max so schändlich düpiert wird.

4. Auftritt.

Meta (von links, mit Skizzenbuch und Hut). **Rose.**

Meta. Auf Wiedersehen, Rose! (Will zur Terrasse.)
Rose. Meta!
Meta. Liebe Rose?
Rose. Auf ein paar Worte!
Meta (tritt freundlich auf sie zu). Bitte, sprich!
Rose. Du schenktest mir am Tage Deiner Ankunft Dein

Vertrauen — teilweise wenigstens! Es befremdet mich, daß Du bis heute noch nicht wieder auf jenes Thema zurückgekommen bist. Willst Du mir nicht den Namen jenes Mannes nennen, welchen Du liebst?

Meta (bedächtig). Ich bin in meinen Empfindungen wieder etwas schwankend geworden, liebe Rose.

Rose (heftiger). So!? Und wessen Gegenwart war schuld daran — die meines Bruders oder die Reichmann's?

Meta (erstaunt). Aber — Rose?

Rose (immer heftiger werdend). Ich würde Dir raten, im Verkehr mit meinem Bruder etwas vorsichtiger zu sein, denn ich glaube nicht, daß Herr Reichmann frei von Eifersucht ist.

Meta (verdutzt). Was soll das?

Rose. Verstelle Dich nicht! Ich merkte schon längst, in welchen Beziehungen Du zu Reichmann stehst!

Meta (unsicher). Rose?!

Rose. Ihr hättet Euch die Komödie übrigens sparen können. (Wendet sich entrüstet ab.)

Meta (für sich). Sollte sie Alles wissen — und daher ihre gereizte Stimmung?!

Rose (für sich). Sie ist betroffen — also wahr! — wahr! (Laut.) Schon am ersten Tage Deines Hierseins ahnte ich Deine Neigung für ihn — und deutete mir den wahren Zweck Deines Kommens! Nicht die Freundin suchtest Du hier — sondern den Geliebten!

Meta (aufathmend, für sich). Ach so — das ist es! (Laut.) Aber Rose — Du glaubst Paul und ich —

Rose (zornig, unterbrechend). Ja, Paul und Du! Dieses vertrauliche „Paul" welches Dir so leicht und selbstverständlich von den Lippen fließt, bestätigt mir Deinen Verrat!

Meta (belustigt). Rose, Rose, Du bist köstlich! (Lachend.) Du glaubst also in Wirklichkeit, ich liebte diesen Paul Reich= mann?

Rose (entrüstet). Bemühe Dich nicht, die Sache in's Lächerliche zu ziehen, ich weiß sehr wohl, warum unser Ver= walter seit Deinem Hiersein an permanenten Schwindelanfällen leidet; es ist das böse Gewissen, was ihn ruhelos umherjagt.

Meta (heiter, für sich). Wie Liebe und Eifersucht doch blenden können! (Laut.) Meine liebe Rose, (zornige Bewegung Rose's) Dein Eifer amüsiert mich mehr, als Du ahnen kannst — denn nicht ich, sondern Du bist auf dem besten Wege, Dein

Als Manuscript gedruckt.

Herz an diesen „schwindelbehafteten" Paul Reichmann zu verlieren.

Rose. Wie kannst Du wagen, das zu behaupten?! Oder hätte er gar die Frechheit gehabt, sich des Wohlwollens, das ich ihm erwies, zu rühmen?

Rose. Heißblütige Rose! Als ob Du Deine Gefühle genügend verbergen könntest! Was ich nur ahnte, bestätigt mir jetzt Deine Erregung. Doch beruhige Dich, ich liebe diesen Reichmann nicht —

Rose (erregt). Sprich nicht die Unwahrheit!

Meta. Wenigstens werde ich ihn nie heirathen, nie, das schwöre ich Dir!

Rose (verblüfft). Und warum nicht? Ist er, trotz seines bürgerlichen Namens, nicht das Muster eines Cavaliers?

Meta. Das ist er wohl — aber —

Rose. Nun, aber??

Meta (lustig). Aber ich habe sehr, sehr triftige Gründe ihn trotzdem nicht zum Manne zu nehmen — schon der Name Reichmann ärgert mich an ihm!

Rose (ernst). Du hast Dich sehr verändert — Deine Grundsätze sind sehr bedauerlich! — Wenn ich den Muth hätte, einen Bürgerlichen zu lieben, besäße ich auch den Muth sein Weib zu werden!

Meta (übermüthig). Das kannst Du halten wie Du willst — aber Frau Reichmann wirst Du deshalb doch niemals, — das prophezeie ich Dir! — Verzeihe, ich muß fort, Dein Bruder erwartet mich! (Im Abgehen über die Terrasse.) Wie Liebe und Eifersucht sie quälen — die Aermste — heute noch soll Paul sich erklären! (Ab links, Terrasse.)

(Krug tritt von rechts ein.)

5. Auftritt.

Rose. Krug.

Rose (blickt Meta zornig nach, dann bemerkt sie Krug). Nun, Krug?

Krug. Der Herr Verwalter belieben noch immer nicht zu erscheinen, und der Herr Baron schäumen vor Wuth!

Rose (zerstreut). So?!

Krug (nach der Terrasse deutend). Dem Fräulein ist auch nicht zu trauen —

Rose (heftig). Gingen sie gestern wirklich Arm in Arm?

Krug. Ganz bestimmt, gnädiges Fräulein, ich bin nicht

so ein blinder Esel wie Ihr Herr Bruder meint. Sie flüsterten eifrig zusammen und ich hörte deutlich wie sie sich „Du" nannten.

Rose (heftig). Wenn Sie lügen, Krug, so hat Ihre letzte Stunde auf dem Ehrenberg geschlagen.

Krug. Dann mag mein letztes Stündlein überhaupt geschlagen haben, wenn ich die Unwahrheit sagte — ich warne Sie vor dieser Gräfin — es kommt uns, mit Respekt zu melden, nichts Gutes vom Thorstein!

Rose. Es ist gut, gehen Sie!

Krug. Wie Sie befehlen! (Ab nach links.)

Rose (allein). Es kommt uns nichts Gutes vom Thorstein — das ist nur allzuwahr! Bruder und Schwester wetteifern, mich zu vernichten! (Nimmt die Reitpeitsche, schlägt durch die Luft.) Pah! Ich werde auch dieses verschmerzen, wie ich schon schwereres verwunden habe! (Nachdenkend.) Schwereres? (Heftig.) Ja! (Ruhiger.) Das Reiten ist mir verleidet — Alles ist mir verleidet! — O, mein Gott! (Geht nach der Terrasse, als sie diese betritt, kommt ihr Paul entgegen.)

6. Auftritt.

Rose. Paul.

Paul (lebhaft erfreut bei ihrem Anblick, als wenn er sie anreden wolle). Gnädiges Fräulein —?

Rose (vornehm, kühl). Mein Oheim erwartet Sie, Herr Reichmann.

Paul. Wenige Worte — gnädiges Fräulein!

Rose. Bedauere; — meine Zeit ist gemessen. (Ab, über die Terrasse links.)

Paul (allein). Mein Oheim erwartet Sie, Herr Reichmann — das heißt auf deutsch: Ich für meine Person will nichts mit Ihnen zu thun haben. Ihr Ton klang so kühl, daß mir der Muth sank, ihr meine Bekenntnisse zu machen. Und doch muß ich sie sprechen, heute noch muß sie meinen Namen — meine Liebe erfahren. (Indem er sich zum Hintergrund wendet, erscheint der Freiherr in der Thür rechts.) Vorwärts, Paul, sei ein Mann! Mag die Wirkung Deiner Bekenntnisse auch Dein Verdammungsurtheil sein!

Als Manuscript gedruckt.

7. Auftritt.

Paul. Freiherr.

Freiherr (mit verhaltener Wuth). So, — also da sind Sie endlich! Es ist ja recht gütig von Ihnen, daß Sie sich doch noch herbei gelassen haben zu kommen.

Paul (sehr artig). Herr Baron, es ist meine Schuldigkeit, Ihren Befehlen Folge zu leisten!

Freiherr (wie vorher). Wirklich — wirklich!?

Paul. Das Wetter scheint sich überdies verzogen zu haben.

Freiherr (immer ingrimmig). Meinen Sie? — Nun, wenn der Himmel so angefüllt wäre mit Aerger wie ich —

Paul. Dann würde er vermuthlich losdonnern!

Freiherr. Herr, was unterstehen Sie sich —?!

Paul. Oder sind Sie anderer Meinung?

Freiherr. Ich — ich — (für sich, abwendend). Der Junge ist von einer wahrhaft verblüffenden Unverschämtheit.

Paul (für sich). Ich reize den guten alten Herrn wahrhaftig ungern — aber wie soll ich anders von ihm loskommen.

Freiherr (immer ergrimmt). Warum leisten Sie erst jetzt meinem Befehle Folge und nicht sofort?

Paul. Weil man zehn Minuten dazu braucht, um den Ehrenberg hinaufzuklettern.

Freiherr. Was soll das heißen?

Paul. Daß Ihr zornsprühender Bote mich erst am Fuße desselben erreichte.

Freiherr. Wie, der Kerl hat sich doch nicht etwa Unhöflichkeiten erlaubt —

Paul. Nun, höflich war er gerade nicht, aber sicher ein getreuer Berichterstatter —

Freiherr. Hol' ihn der Henker — aber ich bin sehr unzufrieden mit Ihnen, Reichmann.

Paul. Ich merke es, Herr Baron.

Freiherr. Was zum Teufel ist denn so plötzlich in Sie gefahren? Den ganzen Tag bekommt man nichts von Ihnen zu sehen!

Paul. Herr Baron, die Erndte —

Freiherr. Hindert Sie doch nicht zum Abendbrot zu kommen!

Paul. Abends war ich auf der Jagd.

Freiherr. Um Mitternacht? Wir haben jetzt höchstens bis acht Uhr Büchsenlicht.

Paul. Der Rehbock stand weit draußen im Walde.

Freiherr. So! Und Urlaub wollten Sie haben?

Paul. Ja, Herr Baron.

Freiherr. Mir diesen Vetter aufnötigen.

Paul. Er versteht die Wirtschaft besser als ich!

Freiherr. Mag sein — aber mir gefällt seine Physiognomie nicht!

Paul. Das thut mir sehr leid.

Freiherr. Warum?

Paul. Ich wollte ihn als meinen Nachfolger empfehlen!

Freiherr. Nachfolger — Nachfolger?! Das soll wohl so viel wie ein Abschiedsgesuch bedeuten?

Paul. Ungefähr das Nämliche, Herr Baron.

Freiherr. Hm! (Geht einige Male im Zimmer auf und ab.)

Paul (für sich). Mag der Himmel seinen Aerger schüren, damit er mich entläßt.

Freiherr (dicht vor Paul stehen bleibend). Also Mucken im Kopf? Empfindlich?

Paul. Herr Baron —

Freiherr. Schmollen! Hätte Sie für vernünftiger gehalten!

Paul. Sie irren, Herr Baron! Ich fühle nur, daß ich hier nicht am Platze bin. Ihr Inspektor und ich — das geht nicht.

Freiherr. Krug? Macht der alte Esel Umstände — da soll ihn doch gleich — (Geste).

Paul. Kränken Sie nicht den treuen Beamten, Herr Baron. Er ist dreißig Jahre auf dem Schlosse, und ich —

Freiherr. Erst vierzehn Tage, das weiß ich, aber Sie gefallen mir, Reichmann.

Paul (ernst). Das macht mich glücklich, Herr Baron, sehr glücklich.

Freiherr. Will deshalb nichts von Ihrem Fortgehen hören!

Paul. Graf Thorstein mahnt mich an alte Verpflichtungen — ich soll sein Stammgut bewirtschaften.

Freiherr. Das kann ja der Sohn — der Taugenichts — übernehmen.

Paul (lächelnd). Ja, der wird es ohne mich nicht vermögen.

Als Manuscript gedruckt.

Freiherr. Glaub's gern, der Sausewind wird von der Wirtschaft nichts verstehen.

Paul. Es fehlt ihm leider immer an rechtzeitiger Ueberlegung.

Freiherr. Sie sind ein Schwerenöter, Reichmann, aber ich liebe die Schwerenöter.

Paul (gerührt). Herr Baron —

Freiherr (ihm die Hand hinhaltend). Schlagen Sie ein — nichts mehr von Fortgehen —!

Paul. Sie beschämen mich —

Freiherr. Und nichts mehr von Ihrem Vetter; sieht aus als hätte er ein böses Gewissen! Sie aber, Reichmann, haben ein offenes Auge, dem vertraue ich! (Geht einige Schritte auf und ab.)

Paul. Ich wünschte in den Erdboden zu versinken vor Scham.

Freiherr. Nun — sind wir also im Reinen?

Paul. Alle meine Entschlüsse wanken, Herr Baron!
(Es donnert leise.)

Freiherr. Aha, Jetzt donnert der Himmel auch los!

Paul (lächelnd). Er hat Sie doch zum Muster genommen, Herr Baron!

Freiherr. Nun, dann wird's nicht viel schaden! (Erneuter Donner.) Freilich das Fuder Roggen —

Paul (am Fenster). Fährt eben in den Hof.

Freiherr. Auch ohne, daß Sie dahinter standen — Sie Widersetzlicher!

Paul. Wirkung in die Ferne, Herr Baron!

Freiherr. Nie um eine Antwort verlegen! Genau wie die Rose — kein Respekt — aber einerlei! Ich habe nun einmal einen Narren an Ihnen gefressen. Sie bleiben also hier — keine Widerrede! Diesmal behalte ich das letzte Wort! Punktum! (Ab rechts.)

8. Auftritt.

Paul. (Dann) Meta.

Paul. Der prächtige, alte Herr! Ich hätte Lust ihm um den Hals zu fallen — und bin zu feige mich ihm als Wolf im Schafspelz zu entlarven. Doch jetzt hin zu Rose — ich muß sie finden, sie sprechen, zu ihren Füßen Alles bekennen, Alles bereuen. Und wenn sie mich nicht erhört, wenn sie nicht verzeihen kann, dann bleibt mir nichts anderes als die Flucht, schleunigste Flucht. (Wendet sich, Meta kommt über die Terrasse.) Meta?

Meta. Gott sei Dank, daß ich Dich endlich finde, allein finde.

Paul. Ich muß fort —

Meta. Nein — bleibe — höre mich! Ich spiele nicht länger Komödie — das ist unwürdig —

Paul. Ja —

Meta (läßt ihn nicht zu Worte kommen). Rose leidet zu sehr darunter!

Paul (der ungeduldig zur Terrasse gegangen, bleibt stehen). Wie!? (Auf Meta zu.) Rose leidet darunter — warum —

Meta (schnell). Weil sie eifersüchtig ist!

Paul (erstaunt). Eifersüchtig — auf wen?

Meta. Auf mich!

Paul. Auf Dich?!

Meta (lachend). Es ist zu drollig — sie glaubt ich hätte ein Liebesverhältniß mit Dir — hörst Du — mit Dir!

Paul (nachdenklich). Unglaublich —

Meta. Sehr richtig! Denn ich würde mich hüten an Dich mein Herz zu hängen — wenn Du auch nicht zufällig mein Bruder wärst —

Paul (aus seinen Gedanken erwachend, glücklich). Meta — um eifersüchtig zu sein muß man lieben —

Meta. Das ist klar!

Paul (glücklich, erregt). Rose — eifersüchtig — mein Gott — wäre es möglich! Meta, Meta, weißt Du auch, was Du sprichst — welchen Himmel Du mir plötzlich öffnest!?

Meta (ihn lächelnd betrachtend). Ich weiß jetzt, daß Du Rose liebst, wie sie Dich liebt. Also weg mit aller Verstellung!

Paul (ruhiger). Verstellung — das ist die Klippe — wird sie mir verzeihen können — ich zittere davor, ihr meinen Namen zu nennen.

Meta. Sie wird Dir verzeihen, wie Max es schon gethan hat —

Paul. Wie Max es schon gethan hat!? Ei, ei, Schwesterchen, das klingt ja merkwürdig vertraut! Solltest auch Du Dein stolzes Herz hier verloren haben?

Meta. Zu Deiner Ermutigung will ich Dir berichten, daß

Als Manuscript gedruckt.

Die wilde Rose. 4

ich Max nicht ungern sehe, und daß er meine Spur sucht, wo er nur eben kann.

Paul. Vortrefflich!

Meta. Noch aber weiß ich nicht, ob seine Liebe echt ist, ob ich ihn erhören darf.

Paul. Warum sollte sie es nicht sein! Weg, sage auch ich jetzt, mit allen Bedenklichkeiten! (Glücklich.) Du und Max — Rose und ich vereint, diese Vorstellung macht mich trunken vor Freude. (Rose erscheint auf der Terasse, unbemerkt von den Andern.) Komm, Meta, ich muß Dich umarmen! (Faßt ihre Hände und will sie umarmen.)

Meta (abwehrend). Aber Paul — Du Wilder!

9. Auftritt.
Die Vorigen. Rose.

Rose (steht starr, für sich). Himmel!

Paul (zu Meta). Nein, ich lasse Dich nicht, einen Kuß muß ich Dir geben — ich bin zu glücklich! (Umarmt die Widerstrebende und küßt sie.)

Rose (bleibt auf der Terasse stehen, die Anderen unten; wild auflachend). Vortrefflich — vortrefflich!

Paul. Rose!

Rose (auf keinen Einwurf achtend, zu Meta). Heuchlerin, warum bist Du vor dem Fürsten geflohen? Am Hofe war doch Dein richtiger Platz! Die Rolle, welche man mir nur angedichtet — Du hättest sie gespielt!

Meta. Aber Rose, so höre doch ——

Rose (hört nichts in ihrer Leidenschaft). Dieses Schloß aber ist kein Schauplatz für so pikante Romane. Das Gastrecht zwar werden wir nicht verletzen, doch gegen den bezahlten Untergebenen bindet uns keine Pflicht. (Schnell ab links.)

10. Auftritt.
Meta. Paul.

Meta. Fort ist sie! (Zornig.) Warum sprachst Du nicht und erspartest uns diese peinliche Scene?

Paul (glücklich). Weil sie zu herrlich war — diese Scene — weil sie zu schön war, die wilde Rose in ihrem Haß und ihrer Liebe! (Exaltirt.) Du hast recht, Meta, sie glüht für mich, jetzt zweifle ich nicht mehr; jedes ihrer Worte enthielt eine Liebes=

erklärung und hat mir die Seele berauscht mit namenlosem Entzücken!

Meta. Welch' tolle Schwärmerei — doch jetzt folge ihr, und laß die Aermste nicht allein in dieser Erregung. (Heftiger Donner und Blitz, sie geht an's Fenster.) Das Wetter bricht los — Himmel — Rose! sie wirft sich auf ihr Pferd, sie sprengt zum Schloßthor hinaus.

Paul (exaltirt). Aufgeregte Natur — aufgeregte Herzen, das giebt eine göttliche Harmonie! (Donner und Blitz.) Das Wetter ist gewaltig wie unsere Liebe — schön wie die wilde Rose, wenn sie zürnt. (Reißt das Fenster los.) Friedrich — Friedrich — sofort den Harras satteln!

Meta. Du willst Ihr nach?

Paul. Mit Windeseile! Bei Donner und Blitz erkämpf' ich mir die wilde Rose! Indessen sage Du dem Freiherrn Alles, Alles! Kein Geheimniß sei mehr zwischen uns, denn die Entscheidung ist da. Ich reite jetzt aus — auf die Jagd nach dem Glück! (Schnell ab rechts.)

(Der Vorhang fällt.)

(Ende des dritten Aktes.)

Vierter Akt.

(Dekoration wie im ersten Akt. Das Gewitter ist noch nicht vorüber, entfernter Donner und schwache Blitze. Düster.)

1. Auftritt.

Paul. (Dann) Reichmann.

Paul (kommt aus dem Hintergrunde rechts, allein). Sie ist nicht zu finden! Wie ein Rasender habe ich den Harras gespornt und nach allen Richtungen hingehetzt — umsonst — keine Spur von ihr. (Setzt sich auf die Bank.) Es ist als hätte die Erde sie verschlungen. (Entfernter Donner.) Also auch hier nicht, das war meine letzte Hoffnung.

Reichmann (von vorne links, ängstlich leise). Paul — Paul!

Paul. Du?! Und mit Deiner jammervollsten Miene?

Als Manuscript gedruckt.

Reichmann. Um des Himmelswillen — Du bist noch allein? Wo ist denn die gnädige Baronesse?

Paul (bitter). Wo ist die gnädige Baronesse? Weiß ich es selber?

Reichmann. Der Freiherr ist außer sich! Deine Schwester hat ihm Alles gesagt — Deinen Namen, Deine Liebe — er wetterte, wie ich es noch nie von ihm gehört habe! Dann mußte das ganze Schloß aufbrechen, die Baronesse zu suchen. (Jagdhornstoß in der Ferne.) Hörst Du das Signal?

Paul (steht erregt auf). Weßhalb denn diese Aufregung? Ich muß und werde Rose finden! Hat Meta nicht versucht den Freiherrn zu beruhigen?

Reichmann. Gewiß hat sie das gethan, aber der alte Herr sah und hörte nichts vor Zorn und Wuth. Ich war zufällig in der Nähe, verstand aber nicht Alles — er sprach von Niedertracht und Verhöhnung — dann rief er plötzlich ganz laut: (kopirend) „Was, dieses Jammerbild wagte es, seine Hände in dem elenden Spiel zu haben?! Der Teufel soll sie allesammt holen! Friedrich — meine Pistolen — meine Pistolen!" Da packte mich die Angst, und ich eilte davon, Dich zu suchen, Dich zu warnen!

Paul (unwillkürlich lächelnd). Mich zu suchen, mich zu warnen!? Doch es ist gut, Freund, ich bin auf Alles gefaßt! Nun einen Gefallen kannst Du mir erzeigen, geh' auf's Schloß zurück und...

Reichmann (entsetzt einfallend). Auf's Schloß zurück — ich?! In die Höhle des gereizten Löwen?! Höre, Paul, das kannst Du nicht verlangen!

Paul. Sei nicht thöricht, es ist ja Niemand mehr oben, sie sind ja, wie Du selbst sagst, alle im Walde. (Entfernter Jagdhornstoß.)

Reichmann. Ja so, Du hast recht, das hatte ich vergessen.

Paul. Hole mir meine Brieftasche, sie enthält meine ganze Baarschaft...

Reichmann (ängstlich). Du willst fort?

Paul. Das weiß ich noch nicht, aber wenn der Freiherr so tobt — bringe mir zur Vorsicht und für alle Fälle meinen Pistolenkasten mit.

Reichmann. Den Pistolenkasten? — Paul, Paul — was willst Du thun?!

Paul. Frage nicht so viel! Geh' und besorge, was ich

Dir sagte. Du findest mich hier oder am Borkenhäuschen, wo mein Pferd angebunden steht. (Ferner leiser Donner.)

Reichmann. Ich komme aus dem Zittern und Bangen gar nicht heraus. (Ab links.)

Paul (geht nach hinten rechts). Armer Kerl, wie er sich ängstigt! Es wird Zeit, daß seine Prüfung endet! (Jagdhornstoß in der Nähe.) Die Meute nähert sich ihrem Opfer! (Ab, hinten rechts.)

2. Auftritt.

Meta. Max. (Beide von vorn rechts).

Meta (im Reitkleide, mit geheuchelter Erregung). Lassen Sie mich, Baron! Wie konnten Sie es wagen, mich zu berühren, — mit Ihrem Arm mich zu umfassen?!

Max (verdutzt). Aber, gnädige Gräfin, daraus machen Sie mir einen Vorwurf?

(Meta verbirgt ein Lächeln des Uebermuthes.)

Max. Ihr Pferd strauchelt auf dem glatten Waldboden — Sie selbst gerathen in's Schwanken — aus Besorgniß und Furcht vor einem gefahrvollen Sturz wage ich es, Sie festzuhalten —

Meta. Gefahrvoller Sturz — wo sollte der herkommen? Wo hinaus sollte es, wenn jeder Reiter bei jedem kleinen Fehltritt des Pferdes seine Begleiterin umarmen wollte?

Max (mit einer Geberde gelinder Verzweiflung). Nein, Gräfin Meta, das ist es nicht, warum Sie mir zürnen, warum Sie mir verbieten, Ihnen von meiner Liebe zu sprechen, Ihnen Hand und Herz anzutragen.

Meta. Nun, mein allwissender Herr, was ist es denn! Meine Laune, mein Eigensinn — so meinen Sie! Ei nun, so werben Sie doch nicht länger um das launische und eigensinnige Mädchen! Solche Fehler sind ohnehin dem Glück der Ehe gefährlich!

Max. Sie waren früher nicht so unfreundlich, Gräfin!

Meta. Aber jetzt bin ich es und, wenn Sie mich versöhnen wollen, so müssen Sie sich ganz meinem Willen fügen. Ich verlange, daß Sie meinem Bruder verzeihen und zwar ohne jedwede Bedingung.

Max (erregt). Das kann ich nicht, geben Sie mir wenigstens die Versicherung, daß Ihr Bruder sein Unrecht gegen Rose wieder gut machen wird.

Meta. Nein — nein!

Als Manuscript gedruckt.

Max. Dann — dann — (stockt).

Meta (herausfordernd). Nun, dann?

Max (zornig). Dann werde ich wohl versuchen müssen, ob mein Degen nicht glücklicher ist, als meine Pistole es war —

Meta. Also ein zweites Duell! — (Mit verhaltener Freude.) Das wäre ein Bruch mit mir — ein Bruch für ewig!

Max (erregt). Wer zwingt mich denn dazu? Mein Herz blutet, aber ich kann es nicht ändern!

Meta. So gehen Sie, verlassen Sie mich! Ihre Nähe ist mir peinlich — morgen schon verlasse ich den Ehrenberg.

Max (zornig). Das ist mehr als Laune — Rose hat recht — Sie sind hartherzig — Sie sind kokett!

Meta (lacht spöttisch).

Max. Ich werde Sie nie — nie mehr belästigen, — ich werde heute noch den Ehrenberg verlassen. Die Ehre darf nicht unter Mädchenlaunen leiden! — (Ruhiger.) Ich gehe jetzt und sende Ihnen einen Diener zu Ihrem Schutz — zu Ihrem Dienst! (Verbeugt sich tief, will ab, Meta lacht vergnügt auf.)

Meta (sehr heiter). Halt! (Streckt ihm die Hand entgegen, die er zweifelnd betrachtet.) Sie haben Ihre Probe gut bestanden!

Max. Comtesse?!

Meta (liebenswürdig, beinahe zärtlich). Mich quälte ein häßlicher, ein sehr häßlicher Gedanke — lieber Baron!

Max. Sie zweifelten an mir? (Küßt ihre Hand.)

Meta. Erinnern Sie sich noch des Ballabends, an welchem wir uns zuerst sahen?

Max (begeistert). Noch sehe ich Sie vor mir im einfachen weißen Seidenkleide, eine reizende mädchenhafte Erscheinung!

Meta (freundlich). Mein einziger Schmuck war ein Kranz von blauen Winden —

Max. Seitdem ist die Winde meine Lieblingsblume!

Meta. Ich hatte gerade den zweiten Tanz mit Ihnen beendet (mit feiner Koketterie) und fing bereits an, mich ein wenig für Sie zu interessieren —

Max (glücklich). Wie stolz, wie glücklich machen Sie mich!

Meta (schelmisch). Keine Ueberhebung, mein Herr — unter den Blinden ist der Einäugige König!

Max. Gleichviel, wenn ich nur König bin!

Meta. Ihre Kameraden langweilten mich bald durch blasierte Phrasen und fade Schmeicheleien — ich wollte mich zurückziehen. Zu wenig bekannt mit den Räumlichkeiten des fürstlichen Schlosses, geriet ich in ein falsches Zimmer, schon wandte ich mich, es zu verlassen, da schlug mein Name an mein Ohr, und die näselnde Stimme Ihres Rittmeisters sprach weiter: (Kopierend.) „Aeh, Lieutenant von Sassen, haben es auf die kleine Thorstein abgesehen — äh — trotz ihrer studiert einfachen Toilette, ist das Mädchen hübsch, und — was die Hauptsache ist — sie hat Geld, verflucht viel Geld! Möchte sie selbst heiraten — kriegt den verdammten Mammon gleich mit!"

Max (der erstaunt zugehört hat, lächelnd). Jetzt verstehe ich Ihr Handeln, Gräfin — ich bitte, reden Sie weiter!

Meta. Wie ein kaltes Sturzbad ergossen sich diese abscheulichen Worte über meine kaum erwachte Neigung — empört und unglücklich eilte ich davon — und heute noch, nach beinahe dreihundert Tagen, habe ich sie nicht vergessen. — Bei jeder Annäherung eines jungen Mannes ruft eine Stimme in mir: „Er will Deinen Mammon und nicht Dein Herz". Wie liebenswürdig ich dann bin, — das brauche ich Ihnen wohl nicht erst zu sagen.

Max. Ich begreife Alles! — Deßhalb Ihre plötzliche Kälte beim dritten Tanz — Ihre Laune in späterer Zeit. — Oh, Sie würden sich und mir viele bittere Stunden erspart haben, wenn Sie meine Antwort abgewartet hätten.

Meta. Ich weiß jetzt, Max, wie sie gelautet haben muß, auch ohne, daß ich sie aus Ihrem Munde hörte! — (Lustig.) Und so habe ich Sie und auch mich recht unnötig gequält! Nun, (ihm die Hand reichend) es soll Alles wieder gut gemacht werden, ich will mich bemühen, eine musterhafte Ehefrau zu werden — vorausgesetzt, daß Sie es mit Ihrem reuigen Qualgeist jetzt noch wagen wollen?

Max. Meta! — meine Meta! (Zieht sie an sich und küßt sie auf die Stirn. Freiherr von rechts; leiser Donner.)

3. Auftritt.
Die Vorigen. Freiherr.

Freiherr (stutzt beim Anblick der Liebenden, dann polternd). Himmel — bombenelement; das nennt Ihr suchen? Ihr findet noch Zeit zu Liebeleien!? Da soll doch gleich... (Geste).

Max (lachend). Ein Donnerwetter drein schlagen — das thut's ja schon. — Verzeih, lieber Onkel — aber wir haben uns soeben verlobt!

Freiherr. Verlobt — so?! Und das sagst Du in einem Tone, als bliebe mir nichts anders übrig, als gute Miene zum

Als Manuscript gedruckt.

bösen Spiel zu machen. Ja, ja, verlangt auch wohl noch gar, daß ich diesem sauberen Herrn Grafen meinen väterlichen Segen gebe —?

Meta (liebenswürdig). Gehen Sie mit den exentrischen Launen meines Bruders nicht zu strenge ins Gericht!

Freiherr. Der Teufel hole alle exentrische Launen, wenn meine Rose dabei zu Grunde geht!

Meta. Paul liebt Rose — Rose liebt ihn, da ist das gute Ende gegeben.

Freiherr. So? Gegeben?! Und jene verwünschte Beleidigung — dieses nichtsnutzige Wort (zornig murmelnd) von den getragenen Kleidern?! So etwas verwindet man nicht so leicht, selbst wenn man nicht so stolz und empfindlich geartet ist wie die Rose. (Zwei Jagdhornstöße.) Aha — zwei Signale — man hat ihre Spur gefunden! — Ein Glück für Euch!

Max. Ich bin dem Grafen nicht mehr gram — trotz dieses Denkzettels (blickt auf seinen Arm).

Freiherr. Begreife zwar, wie man ihn lieben kann, war ja selbst verliebt in den vorlauten Burschen.

Meta. Eben deßhalb üben Sie Nachsicht!

Freiherr. Eben deßhalb schieße ich ihn über den Haufen! — Mich so zu hintergehen!

Max. Wenn er aber Rosen's Liebe gewinnt?

Freiherr. Wenn — wenn!

Max. Ueberlasse es mir, die Sache mit ihm zu regeln.

Freiherr. Ich danke für Deine Unterstützung, Du hast genug an dem einen Denkzettel! Er soll auch an mir keine Schlafmütze finden — darauf kann der junge Herr sich verlassen.
(Paul erscheint hinten rechts.)

Max (leise). Onkel, dort ist er —

Freiherr (erblickt Paul). Alle Wetter! (Will auf ihn zu, besinnt sich.) Laßt mich allein mit ihm —

Max. Onkel —

Freiherr. Geht — ich werde schon mit ihm fertig werden!
(Max und Meta ab nach vorn rechts.)

4. Auftritt.

Freiherr. Paul.

Paul (für sich). Der Freiherr mit der Miene eines Criminalbeamten. (Kommt näher.)

Freiherr (für sich). Furcht scheint er nicht zu kennen, der

Teufelsbursche! (Tritt ihm entgegen, betrachtet ihn von unten bis oben.) Sind ein guter Comödiant, könnten zum Theater gehen — wenn Sie mit heilen Knochen von hier fortkommen. (Paul schweigt; kleine Pause.) War sonst ein Geschlecht, welches auf Ehre hielt — das von Thorstein. (Paul fährt, auf schweigt aber; leiser Donner.) Was belieben Sie darauf zu antworten?

Paul. Nichts!

Freiherr. So!? Nichts? Ist verteufelt wenig! Hat fast den Anschein, als wollten Sie die Rolle jenes Jammerbildes übernehmen! — Denken vielleicht, mich dadurch gefügig und mitleidig zu machen — den Teufel auch — das ist die verkehrte Manier — ich liebe die Schlafmützen nicht. — Thun Sie das Maul auf — widersprechen Sie — haben es doch sonst recht= schaffen gekonnt! Warum verteidigen Sie sich nicht?!

Paul. Weil ich im Unrecht bin, weil ich die schwersten Vorwürfe verdient habe!

Freiherr. So!? Dann werden Sie auch jede Genug= thuung, welche ich von Ihnen fordern werde, gerecht finden?

Paul. Jede, Herr Baron!

Freiherr. Und sich mit mir schießen?!

Paul. Nein, Herr Baron!

Freiherr. Was — nein, nein?! (Höhnisch.) Bin Ihnen wohl nicht satisfactionsfähig?

Paul. Nein, Herr Baron!

Freiherr (verblüfft). Wie!? Sie würden keine Kugeln mit mir wechseln?

Paul (fest). So wenig, wie ich mich mit meinem Vater schlagen würde.

Freiherr (tritt zurück). Wie? was?

Paul. Aber ich räume unter Umständen meinem Vater das Recht ein, mir das Leben, welches er mir schenkte, wieder zu nehmen. — Herr Baron, in Ihrem Hause habe ich ein neues, glückliches Dasein begonnen. —

Freiherr. Hm — (Geste).

Paul. Nicht nur, weil ich Rose von ganzem Herzen liebe und sie zum Weibe begehre, sondern auch weil man Ihnen, Herr Baron, von ganzer Seele gut sein muß; — und so bringe ich Ihnen die Gefühle eines Sohnes entgegen.

Freiherr (für sich). Der Junge macht mich noch toll!

Paul. Gern würde ich Ihnen schon früher meine Thor= heit gebeichtet haben, aber ich fürchtete die sofortige Vertreibung aus dem Paradiese.

Als Manuscript gedruckt.

Freiherr. Paradies — Paradies — Sie sind ein Egoist vom reinsten Wasser!

Paul. All' Ihre Vorwürfe sind meinem Gemüte wahrer Balsam gegen die Reuequalen, die mir Ihre arglose Güte bereitet hat.

Freiherr (für sich). Verfluchter Junge — macht mich noch weich — mich alten Eisenfresser!

Paul. Dünkt Ihnen notwendig, daß mein Blut fließen muß, so nehmen Sie es hin, ich selbst verlange diese Sühne zu leisten, wenn ich Rosen's Verzeihung nicht erringen kann.

Freiherr (brummend mit schlecht verhaltenem Wohlgefallen). Verrücktheit — Verrücktheit! Mich auf meine alten Tage noch zum Mörder machen wollen.

5. Auftritt.
Die Vorigen. Friedrich.

Friedrich (kommt eiligst hinten von rechts). Herr Baron, sie ist gefunden, sie ist da, die gnädige Baronesse!

Paul. Dem Himmel sei Dank!

Freiherr (geht nach hinten rechts). Wo — wo ist sie!?

Friedrich. In der Nähe des Försterhauses fanden wir das gnädige Fräulein, sie ist dort abgestiegen und kommt hierher.

Paul. Sie kommt hierher! (Für sich.) Ich ahnte es!

Freiherr (blickt nach rechts in die Coulissen). Bei Gott, da ist sie schon! Bombenelement, wie blaß mein Mädel aussieht. (Polternd.) Mein Herr — (Geste, wendet sich ab).

Paul (für sich, ohne auf den Freiherrn zu achten). Sie sucht diesen Platz hier, wie ich ihn gesucht habe — das giebt mir neuen Mut. (Laut, bittend.) Herr Baron, lassen Sie mich mit der Baronesse allein.

Freiherr. Oho — jetzt? — Aber gut! Es giebt doch nicht eher wieder heiteren Himmel über meinem Hause, als bis auch Ihr Beiden Euch gründlich die Meinung gesagt habt.

Paul. Ich darf?

Freiherr. Wenn Sie in Wahrheit mein Sohn sein wollen (reicht ihm plötzlich die Hand). Hier, Sie Schwerenöter — ich habe nichts dagegen.

Paul (will die Hand küssen).

Freiherr (zieht die Hand heftig weg). Nichts da — nichts da! Bin kein Frauenzimmer! Wünsche Ihnen Glück bei meiner

Rose — mehr kann ich nicht thun — kann Ihnen nicht helfen. Rose ist ein Starrkopf wie Sie. — Befehlen läßt sich da nichts! Komm, Friedrich!
(Friedrich und Freiherr ab nach links. Paul tritt in den Hintergrund, so, daß er von Rose anfangs nicht bemerkt wird.)

6. Auftritt.

Rose. Paul. (Erstere kommt langsam und müde von rechts, den Blick gesenkt und geht bis zur Bank. Letzterer hat den Freiherrn nach dem Hintergrunde begleitet und bleibt dort, so, daß er von Rose nicht bemerkt wird, sie aber beobachten kann.)

Paul (für sich). Wie bleich sie ist — und wie feige ich bin! Unruhiges Herz, willst Du, daß ich Dir noch einige Atemzüge gönne, ehe es zum Entscheidungskampfe kommt? — und auch ihr, die zu Tode ermüdet scheint. — Nun wohl — (lehnt während des Folgenden an einen Baum, Rose beobachtend).

Rose (für sich). Es ist vorüber! Wir Alle drei haben unsere Kraft erschöpft — Kora, ich und der Himmel! (Sinkt auf die Bank.) Welch' ein Ritt durch Gewitter und Sturm! Oft war mir's, als ritt noch ein Anderer hinter mir drein — unsichtbar schrecklich — mein böser Dämon! Mich durchschauert's — ich will heim! — Heim? Wo er mir wieder entgegen treten wird, vorwurfsvoll — spöttisch — nein, nein, ich will, ich kann ihn nicht wiedersehen! (Kleine Pause.) Was hat er mir denn gethan, daß ich ihn so kränkte — daß ich meine Gefühle so verriet!? Der Wahnsinn lag auf meinen Lippen! (Schaut sich um.) Hier ist der Platz, wo wir uns zuerst sahen — zuerst sprachen! Damals schien die Sonne — aber jetzt ist es düster und stürmisch, wie in meinem Innern! — (Kleine Pause; das Abendrot bricht durch die Wolken und schimmert anfangs noch schwach durch die Bäume; ruhiger.) Er hat mich gar nicht verraten, denn er hatte mir nicht gesagt, daß er mich liebte — nur sein Auge redete eine wunderbare Sprache, die ich wohl mißdeutet habe! Nein — so hätte er mich nicht ansehen dürfen, wenn er das Bild einer Andern im Herzen trug! — Er ist doch ein Verräter und ich hasse ihn! (Paul nähert sich ihr.) Hassen?! ihn —? O, mein Gott, nein, — nein, ich liebe — ja — ich liebe ihn! (Verbirgt das Gesicht in ihren Händen. Ein breiter Strahl rotgoldenes Sonnenlicht fällt auf ihre Gestalt.)

Paul (tritt bewegt vor sie hin). Rose!

Rose (auffahrend). Welche Stimme!? (Starrt ihn wortlos an.)

Als Manuscript gedruckt.

Paul. Nicht diesen vorwurfsvollen — ängstlichen Blick!
Rose (abwehrend). Warum sind Sie mir gefolgt?
Paul. Weil ich Sie anbete, weil jede Faser meines Herzens mich unwiderstehlich zu Ihnen hinzieht.
Rose (wehmütig). Wollen Sie mich verhöhnen — verhöhnen in diesem Augenblick?!
Paul (vorwurfsvoll). Rose!?
Rose. Sah ich denn nicht Meta von Thorstein in Ihren Armen? War ich nicht Zeuge jenes Kusses, der mich von Sinnen brachte!
Paul. Sie sahen es und haben sich dennoch getäuscht! (Nach einer kleinen Pause tief aufathmend.) Die heilige Ruhe dieses Ortes — der Gedanke, daß Ihr Herz für mich schlägt, erweckt in meinem Innern ein tröstendes Gefühl, daß Sie ein Geständniß gnädig anhören und mich, den Schuldigen, milde beurteilen werden.
Rose (für sich). Was will er!
Paul. Ich habe mich schwer an Ihnen vergangen — freilich geschah es, bevor ich Sie kannte. Ich glaubte den Nichtswürdigen, welche Sie verleumdeten und war selbst so nichtswürdig, dem Gehörten neuen Spott und neue Kränkung hinzuzufügen!
Rose (mild). Es that Ihnen leid, als Sie mich kennen lernten; ich weiß es — lassen wir das! Es ist vergeben — auch daß Sie eine Andere lieben —
Paul (einfallend). Ich liebe keine Andere — habe nie eine andere geliebt —
Rose. Herr Reichmann!
Paul. Kein anderes Weib steht zwischen mir und Ihnen! Das große Hinderniß, welches jetzt uns noch trennt, ist nur mein Name!
Rose (erregt). Ihr Name! Nein, ein Name trennt uns nicht —! Ich habe die unwürdige Neigung eines Fürsten zurückgewiesen, aber stolz hätte ich mich dem einfachen Bürger= sohne hingegeben, wenn er meiner würdig gewesen wäre — weil ich ihn liebe!
Paul. Ich bin kein Bürgerlicher — Meta ist nicht meine Geliebte — Meta ist meine — Schwester!
Rose (aufspringend, im tödtlichsten Schreck). Sie sind — —
Paul. Graf Paul von Thorstein.
Rose (aufschreiend). Der Graf von Thorstein — der mich beschimpfte — der mich so unerhört gekränkt — beleidigt hat?!

Paul. Es geschah im Wahnsinn der Verblendung!

Rose. Das ist zu viel. O, mein Gott! (Sinkt gebrochen auf die Bank.) Solches Spiel — solcher Hohn —

Paul (zu ihren Füßen). Verdammen Sie mich nicht, bevor Sie meine Beichte gehört, meine Reue erkannt haben. Ja, es ist wahr, ein übermütiger Einfall trieb mich dazu, mit meinem Jugendgespielen Reichmann die Rollen zu wechseln — aber ich that es nur, dem Zorn des Fürsten zu entfliehen, und ich konnte nicht ahnen, daß ich Sie hier finden würde. Was mich dann in Ihrer Nähe hielt, war nicht mehr Uebermut — nicht Hohn — es waren die heiligsten Gefühle!

Rose (matt). Gehen Sie, gehen Sie! Ihr Betragen — Ihr Betrug ist unerhört! Auch das Geständniß Ihrer Liebe beleidigt mich! (Paul erhebt sich.)

Paul. Kann wahre Liebe eine Beleidigung sein?

Rose (erregt). In Ihrem Falle — ja — ja. — Nie wird die Welt Ihre frühere Gesinnung gegen mich vergessen.

Paul. Wir werden die Welt bald zwingen, anders zu denken, wenn Sie mir nur erlauben, ihr meine Reue und meine Liebe offen zu zeigen.

Rose (macht eine abwehrende Bewegung).

Paul. Will die stolze Rose sich selbst erniedrigen durch kleinliche Bedenken?!

Rose. Kleinliche Bedenken!? Ist es mir doch in diesem Augenblick, als hätten Sie ein anderes Gesicht, als blickten Ihre Augen anders wie vorher!

Paul (milde). Die plötzliche Entdeckung meines wahren Namens — die Aufregung der letzten Stunden haben Ihren klaren Geist verwirrt — Ihr starkes Herz ängstlich gemacht! — Rose, wo ist denn die Beleidigung, wo ist der Beleidiger? Das Wesen, welches ich kränkte waren nicht Sie! — es war nur ein Wahngebilde, welches ein neidischer Dämon herauf beschwor, um das mir zugedachte Glück zu stören. Ich Verblendeter wollte der Verbindung mit Ihnen entfliehen, aber mein guter Genius hatte Mitleid mit mir und lockte mich geradewegs in Ihren Zauberkreis.

Rose (traurig). Sie wissen ein übermüthiges Possenspiel trefflich zu beschönigen.

Paul. Kann ich das Spiel bereuen, da es mich auf den Weg zur Glückseligkeit führte!? O, Rose, begreifen Sie doch, daß Sie mein Herz berückten in dem Augenblick wo ich Sie

Als Manuscript gedruckt.

gefunden, und daß ich Ihnen meinen Namen nur verschwieg, aus Furcht, Sie wieder zu verlieren.

Rose (für sich). Wie seine Stimme und seine Worte mir zum innersten Herzen bringen! (Laut.) Gehen Sie — verlassen Sie mich aus Mitleid mit mir! — Fühlen Sie denn nicht, daß eine Verbindung unmöglich ist zwischen uns Beiden?!

Paul. Nein, das fühle ich nicht, wohl aber, daß Sie mich unerhört quälen!

Rose (heftig). Unerhört ist nichts als das Unrecht, welches Sie an mir begangen haben!

Paul (ihre Hände fassend, mit leuchtenden Augen). Warum ringt die wilde Rose so heiß mit ihrem eigenen Herzen! Ich fühle es, der Kampf ist vergeblich!

Rose (leidenschaftlich). O, nein, nein, (ihn fortstoßend) das ist er nicht — und sollte ich vor Ihnen fliehen, fliehen bis an's Ende der Welt!

Paul (unwillig). Nun wohl, so zerstören Sie denn nutzlos unser Lebensglück!

Rose (dumpf). Sie haben es zerstört!

Paul. Sie sind grausamer als das Schicksal, grausamer als Ihr Oheim, der mir bereits verziehen und mich Sohn genannt hat! Aber es sei! Ich werde aus Ihrem Gesichtskreis verschwinden, ich werde dem Fürsten zuvorkommen und mich aus der Heimat verbannen für Jahre, für immer, wenn Ihr Haß nicht schwindet — Und Sie selbst die Rückkehr nicht erlauben. Leben Sie wohl! (Verbeugt sich vor ihr.)

Rose (im heftigsten Kampfe mit sich selbst). Ich hasse Sie nicht!

Paul. So gönnen Sie mir noch ein gutes Abschiedswort!

Rose. Wie Sie vergessen werden, will auch ich zu vergessen suchen!

Paul. Nur das Böse! Damit nichts übrig bleibt als die Erinnerung an den seligen Liebestraum, der unter diesen Bäumen begann und der — nach Ihrem Willen auch hier endigen soll! Rose — wir waren doch sehr glücklich! — Leben Sie wohl! (Will abgehen nach hinten rechts.)

Rose (deren Gesicht bei Paul's letzten Worten einen strahlenden Ausdruck angenommen, mit liebevollem, fast schüchternen Tone). Herr — Reichmann! —

Paul (wendet sich). Rose? (Steht voll Spannung.)

Rose (zögernd). Sie suchten einen Ring, als wir uns zum ersten Male an dieser Stelle begegneten —

Paul (zwischen Hofnung und Zweifel). Ein Vorwand nur, um Ihrer Zaubermacht zu entfliehen!

Rose (ohne auf seinen Einwurf zu achten). Ich versprach damals, Ihnen zu dem verlorenen Kleinod wieder zu verhelfen — (hat einen Ring vom Finger gezogen). — Hier — Ihr Eigentum!

Paul (stürzt auf sie zu, nimmt und betrachtet den Ring). Rose, — das teuerste Andenken Ihrer Mutter — das heißt Vergebung — das heißt Dich besitzen!

(Freiherr kommt von links vorn.)

Rose (glücklich). Ja, Du Wilder, Du Trotziger, das heißt mich besitzen.

Paul (zieht sie an sein Herz). Rose — mein Alles! Mein heiß ersehntes Glück! (Stehen Beide umschlungen unter dem Baum.)

8. Auftritt.

Die Vorigen. Freiherr. (Hinter ihm) **Max. Meta.**

Freiherr (für sich). Was — Teufel! Wasser in diesen ausgetrockneten Augen. (Reibt sich die Augen, laut.) Was sind das für Sachen!? Wie — was?

Paul (Rose freigebend, glücklich). Absolution — Vater — Absolution!

Rose (eilt auf den Freiherrn zu). Onkel — Vater!

Freiherr. Mein Kind! (Küßt sie, streckt dann Paul die Hand entgegen.) Nur näher, Du — Du Teufelskerl! Wüßte in der ganzen Welt keinen bessern Sohn für mich!

(Paul drückt stumm die Hand des Freiherrn.)

Meta (glückstrahlend mit Max vortretend). Nun, wir spenden gleichfalls unsern Segen, verlangen aber dafür den Eurigen —

Rose. Max — Meta — also wirklich gefunden!

Paul. Ja, Liebchen, sie sind einig — die Nebenbuhlerin ist nicht mehr zu fürchten —

(Krug und Reichmann von links. Krug zieht Reichmann an der Hand nach sich.)

Rose (lachend). Warte — Du Böser!

9. Auftritt.

Die Vorigen. Krug. Reichmann.

(Krug mit einer Brieftasche, Reichmann mit dem Pistolenkasten in der Hand.)

Krug (zieht Reichmann an der Hand nach sich). Ohne Umstände, Sie kommen mit zum Herrn Baron!

Als Manuscript gedruckt.

Freiherr. Was ist denn das wieder für eine Dummheit, Krug? Wer hat Euch gerufen? Ihr solltet doch im Schlosse bleiben.

Krug. War auch dort — und kam einem großen Betrug auf die Spur! Gnädiger Herr, mit dem Herrn Verwalter dort hat es nicht seine Richtigkeit — mit Respect zu melden!

Freiherr (belustigt). So — meint Ihr?

Krug. Hier diese Brieftasche mit einem gräflichen Wappen und einer Menge großer Banknoten — wo meinen Sie wohl, daß ich sie gefunden habe?

Paul (lachend). Natürlich bei mir, mein Freund!

Krug (verdutzt ob Pauls Heiterkeit). Natürlich bei Ihnen, als dieser Mensch sie eben zu sich stecken wollte. (Zum Freiherrn.) Entweder ist der Herr Verwalter also ein Graf — oder — mit Respect zu melden — ein Spitzbube!

Freiherr. Beides, Krug, Beides!!

Krug (dumm). Wie?

Freiherr. Die Brieftasche ist wirklich sein Eigentum! Eigentum des Herrn Grafen von Thorstein! — Gestohlen aber hat er mir und der Rose das Herz! Dafür wird er jetzt aus seinem Amte entlassen, und der zitternde Jüngling da einstweilen an seine Stelle gesetzt.

(Alle gehen lachend und mit einander sprechend nach dem Hintergrunde, außer Reichmann und Krug.)

Reichmann (mit bewunderndem Blick auf Paul). Unglaubliches Glückskind.

Krug (vor sich hinbrummend). Ein Graf? Wer's glaubt! Ein neuer Schwindel — das sage ich! mit Respect zu melden!!

(Vorhang fällt.)

Ende.

Manuscript not for sale.

Dr. Wilhelm Teschen.

Hergestellt in der Officin von R. Boll, Berlin 1888.